KB185013

설명충 박멸기

열린책들 한국 문학 소설선

설명충 박멸기
이진하

차례

1부

1부

1

설명충 박멸기

어느 날부터인가 나는 몹시 설명하고 싶었다. 나도 모르게 자꾸만 설명하게 됐다. 시간이 지날수록 설명하고 싶은 마음은 내가 어찌할 수 없을 지경으로 커졌다. 길을 걷다 처음 보는 사람을 붙잡고 이렇게 말할 정도였다.

「전봇대는 전선이나 통신선을 늘여 매기 위하여 세운 기둥입니다. 전봇대의 어원은 〈전보〉를 전하는 기둥이라는 뜻인데 알고 계셨나요? 요즘에는 전보를 보내지 않지만 그렇게 굳어졌답니다.」

어느 날 집에 돌아온 아빠가 내게 말했다.

「동네에 전봇대에 미친 놈이 있다고 하더라. 생긴 건 멀쩡하게 생겨 가지고는.」

그 이후로도 그 미친놈에 대한 소문은 자주 업데이

트되었다. 동네에 도로 표지판에 미친 놈이 있다더라. 피아제의 심리 발달 뭔가에 미친 놈이 있다더라. 아니, 알고 보니 예전에 전봇대에 미친 그놈이 이번에 참새에 미친 바로 그놈이라더라.

　진실을 알게 된 아빠가 동네에서 고개를 들고 다니지 못하게 된 건 그렇다고 치자. 하지만 진짜 문제는 그 설명하는 버릇 때문에 내 인생이 꼬이게 되었다는 것이다. 우선은 주변 사람들이 다 떨어져 나갔다. 5년이나 사귄 여자 친구마저.

　「도저히 못 참겠어. 그 빌어먹을 청년 실업과 실패한 정책 같은 소리 좀 그만해! 그럴 시간에 나가서 아르바이트하고 자소서라도 쓰라고! 여태까지 공짜로 들어 주었더니 당연한 줄 아는 모양인데, 그런 건 원래 돈 받고도 하기 힘든 일이야. 알아? 네 알량한 통찰을 누군가가 성의 있게 들어 주는 것이 얼마나 기적적인 일인지 좀 깨달으란 말이야.」

　그녀의 말이 옳다고 생각해, 나는 그날부터 돈을 쓰기 시작했다.

　「저는 지나치게 설명을 하는 병에 걸렸습니다.」

　흐느끼는 내게 상담사는 늘 괜찮다고만 말해 주

었다.

「괜찮긴 뭐가 괜찮다는 거예요? 제 인생이 이렇게 망가지고 있는데요! 회사 면접 보러 가서도 면접관에게 설명을 늘어놨다고요!」

「당신은 잘못된 게 아니에요. 있는 그대로의 자신을 받아들이려 노력해 보세요.」

「지금 저는 있는 그대로의 내가 아니에요. 어느 날 갑자기 이렇게 되었단 말입니다…….」

상담사는 다 이해한다는 듯 고개를 끄덕이며 애정 어린 눈으로 나를 바라볼 뿐이었다. 그래서 나는 어느 바에서 고주망태가 되어, 이렇게 외치기도 했다.

「아무도 나를 이해하지 못해. 그 누구도, 내가 어떤 마음인지 모른다고!」

「손님의 마음이 어떤데요?」

바텐더가 웃는 얼굴로 내게 물어 왔다.

「내가 싫어하는 무엇이 나도 모르게 되어 가고 있는 느낌. 그걸 알지만 바꿀 수도 고칠 수도 없고, 심지어 그게 어째서인지도 모른다는 데서 오는 무력감…….」

나는 테이블에 고개를 박았다. 정신이 몽롱했다.

「한 잔 더 드릴까요?」

「온더록스로. 온더록스는 바위 위에 술을 붓는다는

뜻인데 얼음을 바위로 비유한 거지. 아 참, 술을 먼저 따르고 얼음을 나중에 넣는 것은 반대인 오버더록스고.」

바텐더는 웃음기 없는 목소리로 대답했다.

「저도 압니다.」

나는 집구석에 처박혀 폐인처럼 지냈다. 사람들을 만나면 자꾸만 설명하게 되었기 때문이다. 하지만 시간이 지나자 휴지나 의자를 보고도 설명을 해댔다.

「다이아몬드와 흑연은 둘 다 탄소로 이루어진 물질이야. 구성 성분으로 봤을 때 100퍼센트 일치하지. 탄소 원자의 배열에 따라 달라지는 것뿐이고…….」

아무리 참아 보려고 해도 10분이 한계였다. 목구멍이 자꾸만 간질간질해 뭐라도 말해야만 시원해졌다. 어느 순간부터는 정말 내가 미친 게 아닌가 하는 생각이 들었다. 나는 정신과에 찾아가 약을 받고 뇌 MRI도 찍었다. 최면 상담에 부적까지 안 해본 것이 없었다. 하지만 어디서도 그 이유는 알 수 없었고, 불가항력으로 설명은 늘 튀어나오고 말았다.

그러던 어느 날, 감기 때문에 찾아간 이비인후과에서 나는 답을 찾을 수 있었다.

「설명충이네요.」

의사는 화면을 보며 말했다.

「보이시죠? 혀뿌리 안쪽에 설명충이 붙어 있어요. 저도 얘기만 들었지 실물로 보는 건 처음이네요.」

「설명충이라고요?」

나는 떨리는 목소리로 물었다. 설명충이란 놈은 점같이 생긴 눈에 동그란 입이 있는, 새하얀 벌레처럼 보였다.

「최근 무언가에 홀린 것처럼 자신이 아는 모든 지식을 주절거리지 않으셨나요?」

「어떻게 아셨죠?」

「이 녀석들은 빛을 좋아해서 숙주가 계속 입을 벌리도록 유도해요. 정확히는 녀석들이 토해 내는 진액 같은 물질이 뇌에 전달되어 그렇죠.」

「젠장! 빨리 꺼내 주세요!」

「그게, 쉽지가 않습니다. 보기에는 작아 보여도 이 녀석이 혀에 꼬리를 박아 넣고 기생하거든요. 뿌리처럼 꼬리가 사방으로 뻗어 가며 혀에 단단히 고정되죠.」

「무슨 소리예요. 설명 그만하고 빨리 없애 주세요!」

「녀석의 크기를 보니 이미 상당히 뻗어 내려간 상태일 거예요. 함부로 제거했다가는 혀 신경에 문제가 생길 수도 있습니다. 혀가 굳어서 발음을 제대로 하지 못하거나, 심한 경우 썩어서 절단을 해야 하거나…….」

「수술하거나 죽여 버리면 되잖아요!」

「그것도 문제가 있습니다. 이 녀석은 위험을 감지하거나 몸의 기능이 마비되면 유독 물질을 내뿜어요. 그래서 목구멍이 녹아내린 경우도 있습니다.」

나는 의사의 손을 꽉 잡았다.

「선생님 빙빙 돌리지 말고 빨리 대답해 주세요. 어떻게 해야 이 녀석을 없앨 수 있습니까. 네? 대학 병원이라도 가볼까요?」

의사는 한참 생각하는가 싶더니 친절한 표정으로 이렇게 말했다.

「약으로 활동성을 좀 더디게 하고 ─ 물론 당신의 활동성도 더뎌지겠지만 ─ 그것과 함께 살아가는 방법을 하루 빨리 익히는 편이 좋을 겁니다. 약이 비보험이라 좀 비싸긴 하지만요. 설명이라는 게 꼭 나쁜 것만은 아니잖아요. 잘하면 오히려 좋은 직군이 많지 않습니까? 라이브 쇼 호스트 같은 건 어떠세요? 아니면 강사나 영업 사원도…….」

나는 의사가 돌팔이라고 생각했다. 그래서 몇 군데를 더 돌아다녔다. 하지만 설명충의 존재조차 모르는 의사들이 태반이었고 아는 의사들은 대게 비슷한 답을 했다. 대형 병원 원장이라는 사람도, 유명하다는 대학 교수도 마찬가지였다. 게다가 나는 그들을 만나 제기랄, 매번 설명하느라…….

Q. 입속에 사는 벌레를 제거할 수 있나요?

나는 지푸라기라도 잡는 심정으로 해충 방역 업체인 세수코에 글까지 남겼다. 며칠 뒤 답글이 달렸다.

A. 저희는 인간의 신체 내부에 있는 벌레를 잡지는 못합니다. 도움을 드리지 못해 죄송합니다. 구충제를 복용해 보시면 어떨까요?

시간이 지나자 동네에서 나를 피하는 사람도, 웃으며 퍽 유를 날리고 도망가는 어린애들도 생겼다. 한번은 얻어맞은 적도 있었다. 내 말이 필요 이상의 지루함을 넘어 자신을 무시하고 깔보는 느낌까지 준다는 이유에서였다. 내 이야기를 들어 줄 사람은 이제 아무도 없었다. 딱 한 사람만 빼고.
「기운이 굉장히 좋아 보이시는데요.」

그녀는 내게 조상의 은덕에 대해 말했다. 그래서 나도 초콜릿의 기원과 몇 년이 지나도록 썩지 않는 감자튀김의 비밀에 대해 말했다. 그녀는 막힌 기를 뚫는 다양한 방법을 설명했다. 질 수 없어 나도 〈도(道)〉라는 한자의 기원과 도교의 역사에 대해 설명했다. 그녀는 내 설명이 끝나기 무섭게 자기 이야기를 했다. 누군가 본다면 우리가 열띤 대화를 하는 것처럼 보였으리라. 하지만 우리는 대화하는 것이 아니라 사실 각자의 이야기를 열심히 하고 있을 뿐이었다. 우리는 서로의 핵심을 최선을 다해 에둘러 가는 기술이 있었다. 한 시간이 지나자 그녀가 비범하다고 생각했다. 타인의 반응과 무관히 지치지 않고 자신의 할 말을 하는 끈기와 열정, 묘하게 시원해 보이는 저 표정.

「혹시…….」

먼저 물은 것은 그녀 쪽이었다. 나는 대답 대신 이렇게 말했다.

「혹시 그쪽도…….」

우리는 막도날드로 자리를 옮겼다. 초코아이스크림을 할짝대며 그녀가 말했다.

「저는 6년째예요.」

나는 뜨거운 커피를 후후 불다 말고 나도 모르게 표

정이 굳었다. 그녀는 다 이해한다는 듯 미소를 지어 보였다.

「괜찮아요. 저는 지금이 더 좋으니까요.」

나는 잘못 들은 줄 알고 네? 하고 되물었다.

「전에는 제 생각을 마음껏 표현해 본 적이 별로 없었죠. 그냥 네, 네, 하면서 듣기만 했거든요. 지금은 아니에요. 나도 말할 수 있는 사람이구나, 이걸 알게 되었으니까요. 처음에는 인정하기가 어렵더라고요. 내게 설명충이 필요했다는 사실을.」

「그러니까, 설명충을 갖게 된 것이 우연이 아니라는 건가요?」

나는 천천히 물었다. 물론 종이컵이 환경에 미치는 영향에 대해서도 덧붙였고. 그녀는 입가에 아이스크림을 묻힌 채 상기된 표정으로 말했다.

「설명충과 우리는 서로를 선택한 거예요.」

「우리라는 건…….」

「당신도 마찬가지예요. 필요했던 거겠죠.」

「이딴 게 필요할 리가 없잖아요!」

그녀는 나를 진정시키는 손짓을 하더니 말했다.

「이해해요. 아직은 받아들이기 힘드실 거예요. 설상변사 회원들도 다 그런 과정을 겪었어요.」

「설상변사라고요?」

「아, 설명충으로 일상이 변화된 사람들의 줄임말이에요. 줄임말은 본래의 어형보다 음절이나 형태소가 간략하게 줄어든 말을 의미하며 줄임말을 더 줄이면 준말이 됩니다. 약어라고도 불리는데요…….」

30분이 지났다.

「다들 쉬쉬해서 그렇지 생각보다 많아요. 저기에도 있잖아요.」

그녀가 턱으로 가리킨 곳에는 〈예수 천국 불신 지옥〉 팻말을 든 할머니가 있었다.

「설상변사 모임은 지역별로 집회도 있어요. 집회는 정말 꼭 필요할 때만 소수로 해요. 아시다시피 〈참고로, 추가로, 마지막으로〉 설명이 계속 이어지기 때문이죠. 그래도 함께한다는 게 의미가 있지 않겠어요?」

「함께 뭘 하나요?」

「우리의 존재를 증명하는 거요. 우리는 지금 설명충 차별 방지법을 추진하고 있어요. 왜 우리가 상대의 눈치를 봐야 하죠? 왜 우리가 우리로 존재하지 못하느냐고요. 설명의 미학을 모르는 반(反)설명론자들과 〈결론부터 말하라〉며 억압하는 결론주의자들에게 맞서 싸워야 해요. 우리의 당위를 납득시키자고요. 설명하는 것이야말로 우리가 가장 잘하는 일이 아닌가요? 우리가 함께한다면 큰일을 이룰 수 있을 거예요.」

내가 주저하자 그녀는 의자를 테이블 앞으로 가까이 끌어당겨 앉으며 이렇게 말했다.

「생각해 봐요. 벌레만큼 위대한 것이 있는지. 그 끈질긴 생명력과 적응력을 떠올려 보시라고요. 어차피 가만히 있어도 틀딱충, 맘충, 한남충, 급식충, 진지충 소리 듣는 마당에 그냥 진짜 벌레가 되어 버리는 편이 여러모로 낫지 않나요? 사실이니까 비난을 들어도 아무 타격 없고.」

나는 대답 대신 고개를 숙였다. 그녀의 말이 사실이든 아니든 침울하기로는 마찬가지였다. 사실이라면 벗어날 방도가 없다는 뜻이었고, 거짓이라면 설명충이 결국 인간을 미치게 만든다는 사실을 방증하는 셈이었으니까. 그녀는 그런 나를 오히려 측은하게 바라보더니 연락처가 적힌 쪽지를 내밀었다.

「그래요. 조금 더 시간이 필요하겠죠. 언제든 연락 주세요. 혼자는 외로울 거예요.」

그녀는 가방을 챙겨 출입문 쪽으로 몇 걸음 걸었다.

「아 참, 설명충을 박멸한 사람이 있긴 있대요. 전설

같은 이야기긴 하지만요.」

　그녀가 멈춰 서더니 뒤도 돌아보지 않고 말했다.

「뭐라고요? 어떻게요?」

「그 사람의 말에 따르면 진짜로 설명하고 싶은 것을 말하면 그것이 툭, 떨어져 나간다더군요.」

　나는 일어서서 그녀의 팔을 붙잡았다.

「그 사람은 뭘 그렇게 설명하고 싶었다던가요? 네?」

「글쎄요. 그 이야기는 듣지 못했어요. 왜냐면 그땐 이미 그에게서 설명충이 떨어져 나갔기 때문이죠.」

　그녀는 그 말을 남기고 떠났다. 다 식어 버린 커피를 옆에 둔 채 나는 오랜 시간 그녀의 말을 떠올렸다. 내가 그토록 설명하고 싶었던 건, 도대체 무엇이었을까 하고. 하지만 그 순간에도 나는 이런 말을 혼자 주절거리고 있었다.

「우렁쉥이라고도 불리는 멍게는 유생 시절에는 뇌가 있어 이리저리 헤엄치며 먹이를 먹지만 성체가 되어 자리를 잡으면 자기 뇌를 먹어 버립니다. 움직일 일이 없으니 뇌가 필요 없어진 거지요. 가만히 입을 벌리고 흘러 들어오는 먹이만 먹으면 되니까요……」

2

거울

오늘도 미선 씨는 이른 새벽, 거울 앞에 섭니다. 거울 속 미선 씨는 무척 지쳐 보입니다. 종일 서서 화장품을 파는 일이 쉬운 것은 아니니까요. 하지만 미선 씨는 입꼬리를 끌어 올리고 거울 속 자신에게 말합니다.

「오늘 너는 정말 멋져.」

그리고 이렇게도 말하지요.

「너는 언젠가 큰일을 이루게 될 거야. 내가 장담해.」

미선 씨가 이 일을 해온 지 오늘이 꼭 한 달째입니다. 『성공의 비결, 미라클 모닝』을 읽기 시작한 것이 한 달 전이었거든요. 성공의 비결이란 놀라운 것이 아니었습니다. 새벽에 일어나 자신에게 긍정적인 확언을 하는 것뿐이었지요. 미선 씨는 성공할 때까지 그 일을 할 생각이었습니다. 거울 속의 자신이 이렇게 말하지만 않았다면요.

「너는 절대 큰일을 이루지 못해.」

미선 씨는 자신이 잘못 들은 것이라고 생각했습니다. 그래서 다시 한번 또박또박 말했습니다.

「나는 언젠가 큰일을 해낼 거야. 큰 부자가 되고 멋진 사랑도 이루게 될 거라고.」

하지만 거울 속의 여자도 입을 크게 움직이며 말했습니다.

「너는 큰일을 이루기에는 너무 늦었어. 그리고 누가 널 사랑하겠니? 너조차 너를 사랑하지 않는데.」

미선 씨는 뒷걸음질 쳤습니다. 책에 이런 것은 나와 있지 않았기 때문에 적잖이 당황한 것이지요. 다행히도 미선 씨는 그 책의 46쪽, 밑줄 쳐두었던 구절이 떠올랐습니다.

「그렇지 않아. 세상에 늦은 때라는 건 없어!」

「진짜 그렇게 생각해?」

거울 속의 여자가 한 걸음 성큼 다가와 물었습니다.

「마음만 먹으면 갑자기 모든 일을 해낼 수 있다고, 진심으로 생각하느냐고 묻는 거야.」

미선 씨는 떨리는 목소리로 대답했습니다.

「그래!」

「정말 세상을 놀라게 할 일을 네가 할 수 있다고?」

「그렇다고 말하잖아!」

거울 속의 여자는 한동안 침묵했습니다. 그리고 조금은 울먹이는 듯한 목소리로 말했습니다.

「왜 꼭 무엇인가 대단한 것이 되어야 해? 왜 남들처럼 성공해야 하느냐고. 나는 정말 힘들어. 이제 제발 그만 좀 해. 너 때문에 미쳐 버릴 것만 같단 말이야.」

미선 씨는 거울 속의 여자가 조금 불쌍해졌습니다. 하지만 그것도 아주 잠시 동안의 일이었지요.

「부정적인 마음은 성공의 적이야.」

미선 씨는 탁자 위에 놓인 기린 조각상의 목을 쥐고 거꾸로 들어 올렸습니다. 그리고 그 단단한 몸통을 거울에 내려쳐 깨뜨렸습니다.

「나는 오늘도 정말 멋져. 나는 언젠가 큰일을 이루고야 말 거야.」

미선 씨는 중얼거렸습니다.

3
거래

계속되는 초인종 소리에 문을 열어 보니 정장을 입은 왜소한 체구의 남자가 서 있었다. 그는 대뜸 낯선 억양으로 이렇게 물었다.

「너무 목말라서 그런데, 물 한 잔만 주시겠습니까?」

나는 그를 위아래로 훑어보았다. 송곳을 의인화한다면 이런 느낌일까? 턱끝, 코끝, 눈꼬리, 어깻죽지, 손가락까지 가릴 것 없이 날카로웠다. 내가 관찰하는 동안 그는 입꼬리를 올린 채 나의 대답을 기다리고 있었다. 수상하기는 했지만 위협적으로 보이지는 않았다. 여차하면 제압할 수 있을 만큼 체격도 내 쪽이 우세해 보였다. 나는 그를 집 안으로 들였다. 폭염 주의보가 내려진 날이었고, 그의 차림은 너무 더워 보였다. 그게 유일한 이유였다.

「그럼, 실례하겠습니다.」

그는 말릴 새도 없이 앞이 뾰족한 구두를 가지런히 벗어 두고는 자연스럽게 집 안으로 들어왔다. 그리고 거실 탁자 앞에 양반다리로 앉아 나를 멀뚱멀뚱 쳐다봤다. 주문한 음식을 기다리듯 당당한 그의 태도에 나는 얼음물을 내놓고 말았다. 그는 그것을 잠시 노려보더니 벌컥벌컥 숨도 쉬지 않고 들이켰다. 까드득, 까드득. 얼음 부서지는 소리를 내며 그는 노골적으로 집 안 곳곳을 힐끔거렸다. 그제야 그가 들고 온 가방이 수상했다. 커다란 서류 가방에는 뭐가 들어 있을까? 왜 저렇게까지 울룩불룩한 것인가? 그러다가 무서운 상상을 하게 되었다. 그가 내 집에 당당히 걸어 들어온 것은 믿는 구석이 있기 때문일 것이고, 그 믿는 구석이라는 것은 어쩌면 그의 가방 안에 넣어 둔 작고 예리한 칼인지도 모른다고. 그는 작은 눈을 최대한 크게 끔벅거리며 나를 쳐다봤다. 나는 침을 꿀꺽 삼켰다.

「저기, 물 다 드셨으면 이제 그만······.」

나는 조심스럽게 말했다. 그는 내 말이 끝나기도 전에 답했다.

「아닙니다.」

그러더니 웃음기가 싹 가신 얼굴로 나를 쳐다보았다. 나도 모르게 뒤로 한발 물러났다. 도대체 뭐가 아니라는 거지? 그 순간이었다. 지이익. 그가 가방을 열더니 그 안에서 무언가를 불쑥 꺼냈다. 나는 반사적으로 탁자 위에 세워 둔 기린 조각상을 거꾸로 들었다.

「그게 뭡니까?」

나는 조각상을 든 채 물었다. 그러자 그는 빙글거리며 손에 쥔 것을 내밀었다. 그건 종이 뭉치였다.

「다름이 아니라, 아주 좋은 상품이 있어서요.」

힘이 빠졌다. 나는 조각상을 내려놓고 대답했다.

「관심 없습니다.」

「아뇨. 반드시 관심 있으실 겁니다.」

남자는 그렇게 말하며 탁자에 종이를 올려 두었다.

「바빠서요. 그만 가주세요.」

나는 현관을 손으로 가리켰다. 남자는 나를 빤히 바라보더니 입을 열었다.

「안 바쁘잖아요.」

나는 잘못 들은 줄 알고 〈뭐라고요?〉 하고 되물었다.

「당신, 안 바쁘잖아.」

남자는 내 눈을 똑바로 보며 말했다.

「당신이 뭘 알아?」

「6개월째 부모님 집에서 백수처럼 지내고 있지 않습니까? 금수저들 욕하는 악플이나 쓰면서요.」

말문이 턱 막혔다.

「어떻게…….」

「아유, 악마가 그런 것도 모르려고요.」

그는 능글맞게 웃었다. 처음에는 놀랐지만 이내 웃음이 터졌다. 악마라니. 몰래카메라 같은 건가?

「믿기 어려운 것도 이해는 됩니다. 인간이 그 정도 의심도 안 하고 살 수는 없겠죠. 그래서…….」

남자는 엄지와 중지를 맞닥뜨려 딱 소리를 냈다. 머리가 핑 돌았다. 그 순간 내가 본 것에 대해서 도대체 어떻게 설명해야 할까?

나는 서류조차 한 번 붙어 보지 못한 꿈의 직장에 다니고 있었고, 만나는 여자와 결혼을 준비했고, 아이가 셋이나 있었고, 부모님의 환갑잔치를 성대하게 치르는 그 순간에, 제주도 별장에서 노후를 즐기는 노인이 되어 있었다. 그 모든 것이 평생에 걸쳐, 한순간에 일어났다. 꿈이라기에는 너무 생생했고 현실이라기에는 너무나도 빠르게 흘러갔다. 말도 안 된다는 것을 안다. 하지만 그렇게밖에 표현할 수가 없다. 그 시간 개념은 도대체…….

「체험판은 여기서 끝입니다.」

남자의 목소리와 함께 그 시간은 끝이 났다. 얼떨떨했다. 그 언젠가의 행복했던 시간 속에서 머리채를 잡혀 끌려와 지금 여기의 초라한 모습으로 앉아 있었기 때문이다. 결혼식장에서 울리던 음악과 별장 앞 바닷가 모래알의 촉감까지 여전히 생생한데…….

「방금 그건 뭐지?」

남자는 킬킬 웃으며 대꾸했다.

「잘 풀린 인생.」

얼이 빠진 내게 그는 말했다.

「자, 이제 어떻습니까? 관심이 좀 생기셨습니까?」

그가 손가락을 튕기자 이번에는 탁자 위에 놓여 있던 종이 뭉치가 둥실 떠오르더니 천천히 내 눈앞으로 다가왔다. 종이 뭉치의 첫 번째 장에는 이런 글씨가 쓰여 있었다.

계약서

본 계약은 갑(_____, 이하 "갑")과 을(데블 컴퍼니 박병철, 이하 "을") 간의 합의에 따라 작성되었으며, 계약의 조건은 다음과 같다.

제1조. 갑은 자신의 영혼(이하 "대상 영혼")을 을에게 제공하며, 을은 갑이 사망한 이후 대상 영혼에 대한 독점적이고 완전한 소유권을 가진다.

제2조. 을은 대상 영혼의 인도와 동시에 갑에게 성공적인 인생(이하 "대가")을 제공하며, 해당 대가는 갑의 생애 동안 영구히 갑에게 귀속된다. 대가의 구체적 내용은 추후 작성되는 별도의 문서에 명시된다.

제3조. 갑은 대상 영혼의 제공과 관련하여 제3자와의 권리 충돌이 없음을 보증하며…….

나는 읽다가 궁금증이 생겼다.
「박병철이 누굽니까?」
「접니다.」
남자가 말했다.
「악마 이름이 무슨 박병철이에요?」
「그럼 안 됩니까? 뭘 기대하신 겁니까? 한국 악마인데 어쩌라고요?」
그의 공격적인 대답에 나는 괜히 기세가 수그러들었다. 그가 악마라고 밝혀서 더 그랬는지 모르겠다.

그 말이 진실이든 거짓이든 피하는 게 상책이라는 점
만은 분명했으니까. 그나저나 이건 도대체 어떻게 떠
있는 거지? 나는 공중에 떠 있던 계약서를 손으로 건
드려 보았다. 그것은 잠시 허공에서 어쩔 줄을 모르
더니 뒤늦게 탁자 위에 툭 떨어졌다.

「영혼만 넘기면 행복한 인생을 보장받을 수 있는
절호의 기회!」

아, 깜짝이야! 갑자기 홈쇼핑 채널의 쇼 호스트 같
은 말투로 그가 말했다.

「영혼이 1천 원도 아니고 그리 쉽게 말하면 안되죠.」

나는 피식 웃으며 말했다. 그러자 그는 나보다 더
크게 코웃음을 쳤다.

「행복한 인생은 뭐 쉬운 줄 아십니까?」

「아무튼 싫어요. 영화 같은 데서 보면 꼭 인간이 손
해 보던데, 뭐.」

갑자기 남자가 펄쩍 뛰었다.

「언제 적 이야기를 하십니까! 그런 건 중세 시대에
나 먹혔지, 요즘 인간들은 영악해서 그런 식으로 장
사하면 저희도 먹고살기가 힘듭니다. 서로 윈윈해야
좋은 거래지요. 안 그렇습니까? 사실 영혼 같은 거, 별
관심도 없었잖아요. 죽고 나면 아무것도 없다고 평소

에 입버릇처럼 말하지 않았습니까?」

　나도 모르게 입술에 손이 갔다. 나에 대해서 어디까지 알고 있는 것일까? 들으면 들을수록 소름이 돋았다. 남자가 진짜 악마일지도 모른다는 생각이 들었다. 지나치게 뾰족한 이빨이며 관자놀이 위쪽으로 작게 솟아오른 뿔 같은 부분……. 그러고 보니 나는 그가 눈을 깜박이는 것을 본 적이 없었다.

　「듣고 있습니까?」

　뺨을 때리는 것 같은 손뼉 소리에 정신을 차렸다. 만약 그가 진짜 악마라면, 그리고 그 말이 사실이라면, 있는지도 몰랐던 영혼을 대가로 한평생 꿈꾸던 대로 살 수만 있다면…….

　「그, 영혼을 가져가서 뭘 합니까?」

　나는 조심스럽게 물었다.

　「그거야 영혼을 쓰는 악마 마음이겠지요.」

　「영혼을 쓴다고요?」

　「인간도 마찬가지 아닙니까? 돈을 벌어서 뭐에 쓸지는 사람마다 다르잖아요.」

　「인간 영혼이 화폐라도 된단 말인가요?」

　악마는 뭘 그런 당연한 걸 묻느냐는 듯 나를 쳐다보더니 계약서를 들이밀었다.

「오늘 거래하시면 특별 서비스를 꽉꽉 드리겠습니다. 딸, 아들 하나씩 성별 지정해 드리고요, 또 회사에서는 원하는 부서에 가게 됩니다. 아파트부터 봉안당까지 로열층으로만 싹 다 모시겠습니다. 어떻습니까, 하실 겁니까?」

「그렇게 중요한 걸 지금 당장 결정하라고 하면…….」

「아, 이런 식이면 곤란합니다. 이 기회를 얻고 싶어 하는 인간들이 얼마나 많은데요. 아무나 악마와 계약할 수 있는 건 아니라고요. 그리고 원래 큰일일수록 단숨에 해야 하는 법입니다. 지금 자신의 모습을 한번 보세요. 평생 천천히 고민하고 준비하다가 결국 뭐가 되었습니까?」

나는 침을 꿀꺽 삼켰다.

「사기 치는 거 아니겠지요?」

내 말을 듣고 악마는 〈하!〉 하는 소리를 내며 손으로 이마를 짚었다.

「우리 데블 컴퍼니는 그냥 그런 회사가 아닙니다. 인간 세계로 따지면 당신이 흔히 아는 S 사, K 사 같은 대기업이라고요. 연예인 김미료 씨 아시죠? 그분도 저희와 계약하고 그렇게 된 거예요. 당신이 자주 보는 유튜버 산삼임니당도 다 저희와 계약한 겁니다.

하다못해 당신 대학 동기 중에 주식 대박 난 허영소라는 친구 있죠? 그 친구도 저희 업체와 계약했고요.」

하긴. 인간의 힘만으로 그렇게까지 일이 잘 풀리기는 아무래도 어렵지.

「그리고 당신이 마지막으로 인턴 했던 T 기업에서 박종운 씨가 당신을 제치고 정규직으로 전환된 거, 그것도 다 저희 업체 실력입니다.」

「뭐요?」

고개를 주억거리다가 나는 귀를 의심했다. 나보다 나이도 많고 스펙도 떨어지던 그가 정규직이 되었을 때 나는 그가 윗선에 잘 보이기라도 했나 싶었다. 그런데 사실은 따로 이유가 있었다니.

「당신네는 상도덕도 없어요? 내가 그것 때문에 얼마나……」

나는 말을 하다 말고 입술을 꾹 다물었다. 악마에게 도덕 따위가 있을 리 없지 않은가. 씨근거리는 내게 악마는 웃는 얼굴로 계약서를 슬쩍 다시 들이밀었다. 나는 계약서를 가만히 노려보았다. 박종운 씨는 여기에 서명하면서 무슨 생각을 했을까.

「영혼이 없으면 인간은 어떻게 됩니까?」

내 질문에 악마는 눈을 크게 뜨고 대답했다.

「어떻게 되긴요. 아무것도 되지 않습니다. 아무것도, 되지 않아요. 없으니까요.」

어떤 것인지 잘 상상되지 않았다. 죽고 싶다거나 사라지고 싶다고 생각한 적은 있었지만…….

「아무튼 우리 회사는 업계 최고입니다. 인간 영혼 하나에 이렇게 많은 걸 주는 회사는 어디에도 없어요.」

「잠깐, 생각해 보면 그쪽이 제시한 조건은 별것도 아니잖아요. 입사하고 결혼하고 애 낳고 집 가진 노인이 되는 것 정도로 영혼을 바치라고요? 부당하잖아요. 무슨 세계 정복도 아니고.」

「그쪽의 영혼이 고작 그 정도 값인 걸 나더러 어쩌라는 겁니까. 설마 댁의 영혼이 엄청난 가치라도 있다고 생각한 건 아니겠지요? 세계 정복 같은 건 간디, 테레사 수녀 급이나 가능한 건데요. 그리고 그 삶이 별것도 아니라고요? 한국에서 결혼하고 애 낳고 노후에도 그럭저럭 사는 일이 그렇게 아무나 할 수 있는 일 같습니까? 대기업만 해도 그래요. 사내 어린이집에다가 자녀 대학 등록금까지 복지가 얼마나 빵빵한데, 그걸!」

갑자기 악마가 계약서를 거둬들였다.

「됐습니다. 더 이야기해 봐야 입만 아프겠군요.」

그는 종이를 가방에 넣었다. 그러고는 붙잡을 새도 없이 곧장 가방을 들고 빠른 걸음으로 현관을 향해 걸어갔다. 나는 당황해서 그런 그를 물끄러미 보고만 있었다. 걸음이 점점 느려지더니, 그는 현관 앞에 우뚝 멈춰 섰다.

「좋습니다!」

그가 빙글 뒤로 돌았다.

「영혼이 싫다면 수명으로 합시다.」

「수명이라고요?」

남자는 다시 탁자에 앉아 가방에서 다른 계약서를 꺼냈다. 그리고 벙긋 웃으며 계약서를 내밀었다.

「인간이 거래할 게 영혼뿐인 줄 압니까? 사실 우리 악마 입장에서도 수명을 받는 게 더 좋습니다. 영혼은 인간이 죽어야 받으니까 굳이 따지자면 후불이지 않습니까? 요즘 인간들이 얼마나 지독하게 오래 사는지, 계약 한번 잘못했다가는 몇십 년을 쫄쫄 굶습니다. 수명은 좀 더 가치가 낮긴 해도 유동성이랄까요, 그런 게 있으니까.」

「이건 어떤 상품인데요?」

나는 그제야 악마와의 계약에 관심이 생겼다. 실체도 알 수 없고 어떻게 될지도 모르는 영혼 같은 것보다

수명이라는 건 조금 더 현실성이 느껴졌기 때문이다.

「거래한 수명만큼 소원을 이뤄 드리는 겁니다. 고객님의 경우에는…….」

그는 계산기를 두드리더니 말을 이었다.

「50년을 제공하시면 결혼과 자녀, 서울의 집 한 채를 보장해 드립니다.」

인상이 절로 찌푸려졌다. 만약 내 수명이 1백 살이라고 쳐도 남은 생이 고작 20여 년밖에 되지 않는다는 뜻이었다.

「그렇게까지는 하고 싶지 않은데요.」

내 말을 듣더니 악마는 한숨을 푹 내쉬었다.

「그렇다면 이런 것도 있습니다. 대기업 입사 확정은 10년인데, 굉장히 저렴하지요.」

「10년이라고요? 그것도 너무 비싸요.」

악마는 눈을 질끈 감았다.

「고객님 같은 분들 때문에 내가 속이 터집니다. 보세요. 인간은 대기업에 가기 위해 걸음마를 하는 순간부터 공부하고 10대와 20대를 책상 앞에서 보냅니다. 거의 20년 이상을 낭비하는 거라고요. 그게 고작 10년인데, 이건 말도 안 되게 저렴한 거란 말입니다!」

「하지만 지금 내가 5년만 더 노력하면 그 정도는

할 수도 있잖아요.」

「한국 사회를 모르시네.」

악마가 중얼거리듯 말했다.

「나이가 차면 누가 뽑아 줍니까? 사실은 지금도 늦었어요! 이제 인턴도 안 뽑히지 않습니까? 어차피 이대로 살면 낭비될 시간인데, 그냥 계약하세요. 이보다 좋은 조건 없습니다.」

악마의 말에는 묘한 설득력이 있었다. 하지만 그렇다고 해도 10년은 너무하지 않은가.

「더 저렴한 건 없나요?」

악마가 들고 있던 계약서를 바닥에 집어 던졌다.

「대기업 1차 서류 합격은 3년입니다! 됐어요?」

「하지만 우리 집은 대대로 단명하는 집안이라서요.」

그의 표정이 정말 악마처럼 변했다. 뭐라도 안 사면 큰일이라도 날 것 같았다. 나는 그의 눈치를 보며 물었다.

「혹시 1년짜리는 없겠지요?」

악마가 버럭 소리를 질렀다.

「지금 나를 놀리는 겁니까? 그렇게 작은 단위를 악마가 거래할 것 같습니까? 우리도 땅 파서 장사하는 게 아니라고요! 악마가 소원을 들어주는 게 무슨 마법처럼 뾰로롱 하면 되는 일인 줄 아는 겁니까? 다 시간과 공을 들이는 일이에요! 1년? 참 나. 이봐요, 세상에 공짜는 없습니다. 뭐든지 그만한 대가를 치러야 하는 거라고요!」

악마는 입을 다물고 씨근거리다가 다시 성질을 부렸다.

「그리고 나한테 1년이 고스란히 떨어지는 것도 아닙니다. 회사가 80퍼센트를 먹고 저는 고작 20퍼센트를 가져가요. 1년짜리면 한 달에 2백 건은 해야 우리 가족이 먹고사는 수준이란 말입니다!」

나는 가만히 듣고 있다가 물었다.

「정규직이 아닌가 보네요?」

악마는 정지 버튼을 누르기라도 한 것처럼 멈췄다. 그의 떨리는 눈동자를 본 나는 이때다 싶어 큰 소리로 외쳤다.

「회사 이름 걸고 이야기하더니 도대체 뭡니까, 당신? 지금 날 상대로 사기 치려는 겁니까? 이게 정식 계약은 맞긴 하느냐고!」

「하청이긴 하지만 그래도 정식 계약은 맞고요……」

「됐습니다! 이제 그만 나가 주세요!」

나는 그렇게 말하고 고개를 돌렸다. 이 기세를 몰

아 악마를 집에서 내쫓을 요량이었다.

「그럼 5년어치는 어떻습니까? 인간에게 5년은 긴 것도 아니잖아요. 인간은 평생 텔레비전을 보느라 평균 7년을 쓴다고 하던데요. 겨우 5년으로 인생의 큰 전환점을 맞는다면 이득이 아닙니까?」

악마는 무릎을 꿇고 앉아 공손하게 말했다. 나는 아예 등을 돌려 앉았다. 뒤에서 악마의 절절한 목소리가 들려왔다.

「선생님, 제 입장도 좀 생각해 주십시오. 오늘 실적 마감일인데 한 건도 못했습니다. 이 계약도 놓치면 진짜 어떻게 될지 모른다고요. 저도 가족이 있는 악마입니다.」

「그건 그쪽 사정입니다. 물 달라며 들어와서 사기를 치려 하다니. 그런 수법에 누가 당할 것 같습니까?」

「이건 사기가 아닙니다. 잘 따져 보면 서로가 이득이에요. 정 그러시면 부모님 의견도 한번 들어 봅시다. 어떻습니까?」

「아, 그만 좀 나가라니까요.」

「전화라도 한번 해보자는 말씀입니다. 어른들 생각은 또 다를 수가 있으니…….」

「나가! 나가라고! 당장!」

나는 소리를 질렀다. 악마는 축 처진 어깨로 주섬주섬 가방을 챙겼다. 그의 눈이 촉촉했다. 괜히 죄책감 같은 게 들었다. 이 상황을 벗어나고 싶었을 뿐, 상처를 주려는 마음은 없었는데……

「저기, 이건 상담비 셈 치고…….」

나는 그에게 내 비상금 1만 원을 건넸다. 그는 가라앉은 목소리로 대답했다.

「저희 세계에서는 필요 없습니다. 돈 같은 거.」

「그럼 물이라도 한 잔 더…….」

그는 고개를 저었다. 그리고 현관으로 가 구두에 발을 넣고 앞코를 툭툭 바닥에 쳤다. 그가 현관문 손잡이를 잡아 비틀자 한여름의 뜨거운 열기가 느껴졌다. 그는 뒤를 돌아 물끄러미 나를 보았다.

「진짜, 진짜로 안 되겠습니까?」

나는 고개를 저었다. 그는 풀 죽은 어깨로 현관문을 밀었다.

악마가 돌아간 후, 나는 책상에 앉아 한동안 덮어 두었던 토익책을 펼쳤다. 혹시 모를 일이지 않은가. 다음에 내게 또 악마가 찾아올지. 어쩌면 그때는 더 좋은 조건에 나를 팔아넘길 수 있을지도 모르니까 말이다.

4
떠오르는 아이들

어느 날 떠오르는 아이들이 생겼다. 처음에는 고작 1센티미터 정도였다. 교실에 앉아 있던 아이의 엉덩이가 의자에서 둥실 떠오른 것이다. 선생은 두 눈으로 그 사실을 확인하고도 도저히 믿을 수가 없었다. 사람이 어떻게 허공에 떠오를 수 있단 말이지?

「질량에는 아무런 변화가 없습니다.」

「뇌파도 동일하고요.」

검사 결과, 아이에게 특별한 신체적 변화는 보이지 않았다. 심층 인터뷰를 통해 분석한 아이의 정신 상태 또한 여느 아이들과 다를 바가 없었다. 문제는 시간이 지날수록 그런 아이들이 점점 늘어났다는 사실이었다. 떠오르는 아이들은 반마다 한 명씩은 있었다. 수업 시간에 누군가 살짝 떠올라도 더 이상 아이들은 놀라지 않았다. 대신 〈야, 안 보여!〉 하면서 뒷자리에 앉은 애가 어깨를 꾹 눌렀다. 아이들은 내심 떠오르고 싶어 했다. 지루한 수학 시간에 풍선처럼 허공을 떠다니는 반 친구를 본다면 아마 누구라도 그러고 싶으리라.

「저 아이들끼리 따로 반을 만들어야 해요.」

누군가의 주장대로 아이들은 한 교실에 모였다. 그런데 이상한 일이 벌어졌다. 그 아이들이 한곳에 모이자 아이들 모두가 천장에 달라붙은 것이다.

「으으, 납작하게 뭉개질 것 같아요.」

괴로워하던 한 아이가 가까스로 창문을 열었다. 그리고 그 순간 창문 밖에서 거대한 진공청소기로 빨아들이기라도 한 것처럼 그 아이는 사라졌다.

「아이들을 흩어지게 해요!」

선생들은 떠다니는 아이를 붙잡고 뿔뿔이 흩어졌다.

사람들은 생각의 전환이 필요한 시기라고 생각했다. 아이들이 둥실 떠오르는 이유를 문제의 외부에서 찾아보기로 한 것이다. 연구원들은 아이들을 상대로 다양한 실험을 했다. 그 결과 아이들이 떠오를 때 엄청난 변화가 있다는 것을 알아차렸다. 그것은 아이들에게 생기는 변화가 아니었다. 그들에게 작용하는 중력이 변화하는 것이었다.

「어떤 특정 대상에게만 중력이, 그것도 일시적으로 작용하지 않는다는 것이 가능합니까?」

한 기자의 질문에, 과학자는 대답했다.

「중력이 작용하지 않는 것이 아닙니다.」

그녀는 침을 꿀꺽 삼키고 입을 열었다.

「그 아이들은…… 다른 별의 중력을 받고 있어요. 그걸, 중력이라고 부를 수 있을지 모르겠지만.」

그렇다. 어떤 기괴한 물리 법칙으로 인해 중력이 순간적으로나마 아이들에게 작용하지 않는다고 치더라도 그 아이들은 우주에서처럼 둥실둥실 떠오르는 것이 고작일 터였다. 그런데 그 아이들은 하늘로 점점 높이 올라가고 있었다. 게다가 아이들을 한곳에 모아 두었을 때 보지 않았던가. 엄청난 힘으로 한 아이가 하늘로 빨려 올라가는 것을.

「아이들이 모이면 그 힘은 더 강해지는 듯합니다.」

사람들은 겁에 질렸다. 자신도 떠오르게 될까 두려움에 떠는 사람들도 생겼다.

「저 아이들 곁에 가면 풍선병이 옮을지도 몰라.」

그렇게 말하며 손가락질하는 사람도, 반대로 그들

을 추앙하는 사람들도 있었다.

「신의 부름이다! 나도 그 부르심을 받겠어!」

다른 이유로 눈을 빛내는 사람들도 있었고 말이다.

「인류의 발전이 저 아이들에게 달려 있습니다! 저 아이들을 그냥 두어서는 안 됩니다!」

반응이야 저마다 달랐지만 사람들은 모두 궁금해했다. 도대체 우주의 어떤 별이 그들을 그리도 끌어당기는 것인지. 그리고 왜 하필 그 아이들이어야 했는지. 그때 떠오르는 아이들 가운데 한 용감한 아이가 나섰다.

「저는 별에 가고 싶어요. 제가 이 모든 것을 증명해 볼게요.」

사람들은 말렸다.

「그건 너무 위험한 일이야. 우주에서 사람이 사는 건 불가능한 일이라는 것을 알고 있잖니.」

「다른 별이 나를 부른다는 것도 불가능한 일이잖아요. 그리고 나는 그 불가능한 힘을 느끼고 있고요. 나는 갈 거예요.」

결국 그 아이는 특수 중력 차단실이 설치된 소우주선에 올라탔다. 떠오르는 아이들은 중력을 더 무겁게 바꾸는 특수 기구에 들어가 그 아이를 우주로 쏘아 보낼 힘을 보탰다. 그 힘은 중력 전도체를 통해 우주선의 추진 시스템으로 전달되었다. 그렇게 우주선은 온전히 그 아이들의 힘만으로 떠올랐다. 높이, 더 높이. 지구를 벗어난 순간 우주선의 속도는 더 빨라졌다. 아이는 환호했다.

「드디어 지구를 떠나는 거야!」

하지만 어느 순간 전파는 끊어졌다. 생체 신호도 잡히지 않았다. 전 세계인이 그 아이를 위해 울었다. 남아 있는 떠오르는 아이들은 두려움에 떨었고 자신의 안전을 위해 국가의 통제와 규제를 받아들이게 되었다. 그렇게 긴 시간이 흐르고, 우주로 날아간 아이는 사람들 기억 속에서 사라졌다. 그런데 바로 그때, 연구실에서 누군가 외쳤다.

「신호가 왔습니다!」

아이가 타고 간 그 우주선에서 신호가 온 것이다. 잡음이 섞여 잘 들리지 않았지만 아이의 목소리가 분명했다.

「여러분, 이곳은 천-국- 지-지직- 입니다.」

그게 전부였다. 우주선에 실어 둔 식량이 바닥나고도 남을 시간이었으니, 사람들은 놀랄 수밖에 없었다. 우주인이 음성을 조작한 것이다, 그 아이가 외계

스파이다, 선택된 자들만의 지구다, 신이 열어 둔 세상이다. 사람들은 제각각 해석했다. 천국이라는 단어가 암호나 은유적인 표현일 것이라거나 천국이 아니라 사실은 청국일 거라고 주장하는 학자들도 있었다.

「우리도 천국에 가야 해.」

뜻이 맞는 아이들은 떠나기 위해 모였고, 따라가고 싶은 어른들은 어떻게 알았는지 그 아이들을 붙잡고 늘어졌다. 아이들의 발목을 붙들고 어른이 비엔나소시지처럼 줄줄이 매달려 있는 것은 그야말로 진풍경이었다. 심지어 아이들을 납치하는 사람도 생겨났다. 그 납치범은 얼마 지나지 않아 잡혔는데, 그는 떠오르는 아이들을 자그마치 열여덟 명이나 납치했다. 그 이유에 대해 묻자 그는 대답했다.

「그 아이들을 풍선처럼 타고 날아가려 했을 뿐입니다…….」

그는 교도소에서도 그 아이들의 행방을 절대 말하지 않았다. 떠오르는 아이들은 목숨을 위협당했다. 아이들은 더 이상 천국을 꿈꾸지 않았다. 그저 살아남기만을 바랐다. 그래서 아이들은 자신이 떠오른다는 사실을 숨기기 위해 무슨 짓이든 했다. 무거운 옷을 입거나 기계에 자신의 몸을 묶고 다니는 등. 떠오르는 아이들의 부모는 한술 더 떴다.

「남들 눈에 띄는 짓은 하지 마. 수업 시간에 함부로 떠오를 것 같으면 의자를 꼭 붙들란 말이야.」

떠오르는 아이들은 이사를 하고 이름을 바꿨다. 그래서 사람들은 떠오르는 아이들을 서서히 잊어버렸다. 그 아이들은 여전히 자신의 중력에 비해 너무 무거운 것들을 끌어안고 살아간다. 그저 내버려두기만 했다면 그 아이들은 하늘을 찢고 우주로 올라가 천국의 별로 갈 수 있었을 텐데.

그러니까 이것은, 여러분이 기억하지 못하는 먼 옛날의 이야기다.

5
어떤 유행

 S 시에 사는 사람들은 유행에 민감했다. 그들은 유행하는 색의 유행하는 옷을 입고 유행하는 헤어스타일을 한 채 유행하는 개를 데리고 공원에 나가 산책을 했다. 작년에 유행한 견종은 닥스훈트였다. 그래서 공원에서는 다리가 짧은 닥스훈트를 자주 볼 수 있었다. 하지만 곧 다리가 짧은 개가 유행하던 시절은 지나갔다. 털이 복슬복슬한 비숑프리제가 대세가 된 것이다.

 「닥스훈트를 사는 게 아니었는데.」

 사람들은 후회했다. 후회하는 사람들은 그나마 양심이 있는 편이었다. 나머지 사람들은 유행에 따라 쉽게 새 강아지를 샀다. 귀가 큰 개가 유행이었던 적도 있었고 얼굴이 찌그러진 개가 유행인 적도 있었다. 하지만 유행이 지난 개가 어떻게 되는지는 아무도 알지 못했다.

　여자는 강아지가 없었다. 그래서 비숑프리제가 유행하기 시작한 순간, 펫 숍에 가서 바로 비숑프리제를 데리고 왔다. 털이 복슬복슬해서 눈과 코가 겨우 보이는 작은 개였다. 여자가 산책을 하면 지나가는 사람들이 모두 한마디씩 했다.

　「어머, 저 개 좀 봐! 너무 귀여워!」

　여자는 아무렇지 않은 척 그 옆을 지나갔지만 속으로는 우쭐했다. 그 한마디를 듣기 위해 아침부터 개를 단장시키지 않았던가. 여자는 행복했다. 그 남자가 나타나기 전까지만 해도 말이다.

　남자는 아주 평범한 사람이었다. 하지만 문제는 그 남자가 데리고 다니는 개가 평범하지 않았다는 점이었다. 남자의 개는 작지도 귀엽지도 않았다. 무척 덩치가 크고 털이라고는 하나도 없이 쭈글쭈글했다.

　「어머, 이런 개는 처음 봐요! 털이 없다니, 너무 신기하네요.」

　지나가는 사람마다 말했다. 남자는 딱히 으스대는 것도 없이 대꾸했다.

　「털 없는 고양이도 있는데, 털 없는 개도 있겠죠.」

사람들은 개를 쓰다듬으며 말했다.

「털 없는 고양이는 엄청 비싸잖아요! 이 개도 무척 비싸 보이는데요. 이런 개는 정말이지 처음 봐요!」

그 모습을 본 여자는 자신의 옆에 있는 개가 초라해 보였다. 작고 귀여웠지만 그 귀여움으로 사람들을 놀라게 하지는 못했으니까. 여자는 집으로 돌아와 비숑 프리제의 털을 다 밀어 버렸다. 그러자 그 잘난 개와 똑같이 보였다.

여자는 발가벗은 개를 데리고 다시 공원에 갔다. 하지만 공원에는 이미 털 없는 개들이 너무 많았다. 여자는 유행을 따르는 것만으로는 안 된다는 것을 깨달았다. 유행을 따를 것이 아니라 만들어야 한다! 여자는 생각했다. 그날 밤부터 여자는 두 발로 걷도록 개를 훈련시켰다. 개가 앞발을 땅에 딛으려 할 때마다 회초리를 휘둘렀다.

「너는 두 발로 걷는 개야. 알겠니?」

훈련이 끝난 후 여자는 개를 데리고 공원에 갔다. 공원에는 털 없는 개들이 너무 많았다. 하지만 털이 없는데 두 발로 걷는 개는 한 마리뿐이었다.

「어머, 저 개 좀 봐. 너무 신기하다!」

여자의 개는 뒤뚱거리면서 두 발로 나아갔다. 여자는 걷는 개를 앞세워 남자에게 갔다.

「안녕하세요.」

　여자가 인사를 건네자 남자는 알 수 없는 굴욕감을 느꼈다.

　집으로 돌아온 남자는 자신의 개를 일으켜 세웠다. 그리고 두 발로 걷도록 훈련시켰다. 그러는 동안 공원에는 털이 없고 두 발로 걷는 개들이 넘쳐 났다. 남자는 이대로는 안 된다고 생각했다. 남자는 개에게 목줄을 쥐여 주었다. 그리고 네 발로 기어가며 개의 뒤를 따랐다. 공원에서 이 모습을 본 사람들은 당연히 놀랐다. 하지만 금세 상황을 이해했다. 남자가 아무렇지도 않다는 듯 이렇게 말했기 때문이다.

「하하, 우리 개는 워낙 똑똑해서 주인을 끌고 다닌다니까요.」

　사람들은 개의 똑똑함에 놀랐다. 여자도 마찬가지였다. 자신의 개는 털도 없고 두 발로 걷지만, 사람을 끌고 다닐 만큼 똑똑하지는 않았던 것이다. 똑똑한 개가 유행하기 시작한 순간이었다.

　그날 이후로 공원에는 똑똑한 개들이 점점 더 늘어났다. 네 발로 걷는 사람들도 그만큼 많아졌다.

6
막다른 천국

눈을 떠보니 천국이었다.

「천국에 오신 것을 환영합니다.」

중년의 여자가 이렇게 말하며 팔을 벌렸다. 그녀는 자신이 대천사라고 했다. 대천사가 한국인이라는 말은 듣지 못했는데.

「한국 지부 대천사.」

그녀가 그렇게 덧붙이며 방긋 웃었다. 아하, 나는 그제야 이해가 됐다. 하지만 더 궁금한 것이 남아 있었다. 도대체 왜 내가 천국에 온 것일까? 나는 천국의 개념이 있는 그 어느 종교도 가진 적이 없었고, 심지어 그리 착하게 살지도 않았다.

「아, 기종명 님은 아슬아슬한 점수로 천국에 들어오셨어요.」

대천사는 명부 같은 것을 들춰 보며 대답했다.

「점수라고요?」

대천사는 눈을 동그랗게 뜨고 나를 바라보았다.

「당연하죠. 그럼 천국과 지옥에 가는 게 뭐로 결정된다고 생각하신 건가요? 사람의 선행과 악행에는 모두 점수가 붙어요. 좋은 쪽으로든 나쁜 쪽으로든 말이에요. 그러니까 나쁠 것도 없고 좋을 것도 없는 사람이라면 0점이겠죠. 마이너스면 지옥, 플러스면 천국입니다. 보통 정확히 0점이 나오는 사람은 그리 많지 않아요. 하지만 기종명 씨는 기묘하게도 딱 0점이더란 말이지요. 이 사실을 두고 한국 지부 지옥 간부장과 이야기를 좀 나눠 봤는데요, 서른세 살의 나이에 불의의 사고로 일찍 죽은 게 안타까워서 1점을 주기로 했어요. 그래서 지금 이렇게 천국에 있는 겁니다.」

「제가 불의의 사고로 일찍 죽었다고요?」

「그럼요. 산에서 발을 헛디뎌 실족사했잖아요. 기종명 씨 원래 수명이 78세더라고요? 뭔가 명부에 문제가 있었던 것 같아요.」

나는 침을 꿀꺽 삼켰다. 그제야 죽기 전, 소리를 지르며 높은 곳에서 떨어지던 기억이 났다.

「너무 안타까워할 건 없어요. 오래 살아서 뭐 해. 다들 오고 싶어 하는 천국에 이렇게 왔는데. 선행 실적을 보니까 그대로 살았으면 지옥행이에요, 기종명 씨. 억울해하지 말고 감사히 지내시라고요.」

대천사는 내게 천사들이 입는 새하얀 옷을 주었다.

「자, 그럼 지내실 곳을 안내하죠.」

나는 대천사의 뒤를 졸졸 따라가며 물었다.

「그런데 대천사님은 그, 바쁘시지 않나요?」

「무슨 뜻이죠?」

「그러니까, 이렇게 신입을 안내하는 일 같은 거 높으신 분이 직접 하니까 신기해서요.」

대천사는 깔깔 웃었다.

「이것 말고는 딱히 일이랄 게 별로 없어요. 다들 잘 먹고 잘 살고 행복하게 지내는데 뭐가 문제겠어요. 가끔 규율을 어기는 사람들을 벌주거나 내쫓긴 하지만요.」

나는 그제야 대천사의 허리춤에 칼 같은 것이 있는 것을 보았다.

「내쫓는다면…… 지옥으로요?」

대천사는 전보다 더 크게 웃었다.

「악마들은 뭐 할 일이 없게요? 자기네 죄수들 관리

하는 것만도 바쁜데 천국에서 넘겨주면 감사합니다, 하고 받을 것 같으냐고요. 아! 도착했네요.」

대천사는 새하얀 건물의 가장 아래층에 있는 방으로 나를 데리고 갔다. 방은 흰색이었고 가구 같은 것은 없었다.

「그럼, 천국에서의 첫날을 축하합니다.」

대천사는 그렇게 말하고 사라졌다. 나는 옷을 갈아입으며 무언가 잘못되었다고 생각했다. 나는 실족사한 게 아니었다. 나는 자살한 것이었다.

그러니까 그건 계획된 일은 아니었다. 공인 중개사 1차 시험에 낙방한 날 홧김에 죽어 버린 것이기 때문이다. 누가 들으면 비웃을지도 모르겠다. 하지만 그 1차는 그냥 1차가 아니었다. 5년째 공무원 7급 시험에서 낙방한 후, 도저히 안 되겠다 해서 선택한 시험이었기 때문이다. 게다가 평균 60점이면 통과인데 59점! 딱 1점 때문에 1년을 또 공부해야 한다는 사실이 너무 지긋지긋했다. 2차 시험까지 따지면 자그마치 2년을 더 공부해야 하는 셈이었다. 그 사실을 떠올리니 죽길 정말 잘했다는 생각이 들었다. 천국에서는 공인 중개사는커녕 그 잘난 변호사나 회계사도 할 일이 없을 것 같았다. 대천사님도 그러하실진대 말이다. 나는 이 상황을 긍정적으로 생각하기로 했다. 남들이 다 가고 싶어 하는 천국에 입성한 것은 내게 분명 행운이었다. 내가 입만 다문다면 그 행복은 얼마든지 이어질 것이었다.

나는 천국을 좀 구경하려고 방을 나섰다. 죽은 사람들은 과연 천국에 어울리는 짓들만 하고 있었다. 그들은 함께 요리했고, 그걸 먹었고, 춤을 추고, 노래를 부르고, 같이 게임을 했다. 하지만 내가 아는 사람은 하나도 없었다. 그때 내 눈앞에 〈안내 센터〉라고 쓰인 간판이 보였다.

「저기, 지인을 찾는데요.」

카운터에 앉아 있는 남자는 상냥하게 웃으며 말했다.

「죽은 연도와 이름, 사망 지역을 말씀해 주세요.」

나는 돌아가신 할아버지 이름을 댔다. 살아 계실 때 나를 무척 아끼셨던 할아버지.

「그분은 지금 지옥에 계십니다.」

나는 충격받았다. 할아버지가 지옥에 가다니.

「지옥에서는 잘 지내시겠죠?」

나는 떨리는 목소리로 물었다.

「글쎄요.」

남자는 눈을 피하며 대답했다. 생각해 보니 할아버지 말고는 딱히 보고 싶은 죽은 사람이 없었다. 할머니도 아직 살아 계시고……. 나는 내 편을 찾고 싶었다. 하지만 내가 아는 사람 중에는 죽은 사람이 많지 않았고, 돌아가신 먼 친척들은 이름도 생각이 나지 않았다. 그때 내 눈앞에 강아지 한 마리가 뛰어갔다. 머릿속에 해피가 떠올랐다. 내가 어렸을 때 키우던, 귀여운 강아지 해피! 천국에 가면 강아지들이 주인을 마중 나온다는 속설이 있던데 어쩌면 해피도 나를 기다리고 있는 게 아닐까?

「개도 검색할 수 있나요?」

「물론이죠. 견종과 사망 추정 나이, 사망 시각, 장소, 사인을 말씀해 주세요.」

나는 그렇게 해피를 만났다. 해피는 분수대에서 뛰어놀고 있었다. 다른 개들과 함께 말이다.

「해피야!」

내가 해피를 부르자 해피는 꼬리를 치며 내게 달려왔다. 해피는 내 코를 오래 핥았다. 나는 해피를 끌어안고 눈물을 글썽였다.

「해피야, 우리 이곳에서 오래오래 함께 살자.」

하지만 해피는 더 이상 나만의 해피가 아니었다. 해피는 내 품을 벗어나 다른 개들에게 달려갔다. 해피는 개들과 함께 뛰어놀았고 다른 모두의 코를 핥았다. 모두가 해피에게 친절했고 해피는 매우 해피해 보였다. 다른 사람들처럼.

그날 이후 나는 거의 밖으로 나가지 않았다. 사람들과 어울리고 싶지도 않았고, 실수로 내가 자살했다는 사실을 발설할까 두렵기도 했기 때문이다. 대천사는 스토커처럼 나를 찾아와서 자꾸 이런저런 모임에 가입해 천사들과 어울리라고 괴롭혔다. 내가 계속 거절하자 하루는 내가 아직 죽음을 받아들이지 못한 것 같다며 〈실족사한 천사들의 모임〉에 가입하라고 권유하기까지 했다. 나는 그곳만큼은 절대로 가고 싶지 않았다. 실족사 전문가들 앞에서 말실수했다가 비밀이 탄로 나 추방당할까 두려웠던 것이다.

하루는 대천사가 찾아와 이렇게 물었다.

「기종명 씨. 무슨 문제라도 있나요? 기종명 씨의 행복 지수가 점점 낮아지는 것으로 보고되었어요.」

「행복 지수요? 그게 뭐죠?」

「기종명 씨가 얼마나 행복한지를 나타내는 지수예

요. 이곳에 머무는 사람들의 행복은 천국의 중앙 시스템에 의해 철저히 관리되고 있거든요.」

「지수가 어떻게 측정되는 건데요?」

「항목이야 다양하죠. 웃음 빈도, 표정의 밝기, 말투의 긍정성, 상호 교류의 깊이, 감정적 안정성, 타인에 대한 헌신과 기대, 그리고…….」

나는 질려 버리고 말았다. 누군가 저런 것들로 나를 평가하고 있었다고? 언제? 그리고 왜?

「천국이잖아요. 영혼들의 행복을 보장해야죠.」

내 생각을 읽기라도 한 것처럼 대천사가 말했다.

「조금 더 노력하지 않으면 〈행복 개선 프로그램〉에 참여하게 될 수도 있어요. 그 전에 기종명 씨, 자발적으로 행복 지수를 높여 보자고요.」

대천사는 파이팅 포즈를 하더니 사라졌다. 나는 머리를 긁적이며 다시 방구석에 돌아누웠다.

〈행복 개선 프로그램? 웃기지도 않는군.〉

그리고 그로부터 얼마 지나지 않아 나는 그 웃기지도 않은 프로그램에 참여하게 되었다. 그건 내가 선택할 수 있는 일이 아니었다. 특정 시간이 되면 나는 특정한 장소로 자꾸만 강제 소환되었다. 그곳에는 가면을 쓴 것처럼 웃는 얼굴을 한 자들이 별 기괴한 프로그램을 진행했다.

「오늘은 웃음 치료 클래스를 시작하겠습니다. 행복해서 웃는 게 아니라 웃어서 행복해지는 거잖아요. 우리 함께 지금부터 한 시간 동안 웃어 볼까요?」

매일 그런 식이었다.

「오늘은 긍정적 사고 훈련을 시작하겠습니다. 우리는 늘 부정적인 사고와 언어에 길들어 있었죠. 나를 지배하던 그 부정의 언어들을 모두 깨끗이 씻어 내자고요!」

「오늘은 행복 수집가가 되어 보겠습니다. 여러분은 무엇을 할 때 가장 행복한가요? 나를 행복하게 하는 것들을 모두 적어 이 행복 상자에 넣어 보아요.」

「오늘은 선행 실습을 시작해 보겠습니다. 누군가를 도울 때 우리는 비로소 진정한 행복을…….」

「그만 좀 닥쳐!」

내가 이렇게 외친 것은 정확히 프로그램 89일 차의 일이었다. 선행 실습 담당자는 잠시 놀란 눈으로 나를 쳐다보았다. 그러더니 곧 빙긋 웃으며 주위의 다른 〈문제적 영혼〉들에게 이렇게 말했다.

「지금 분노로 괴로워하는 저분께 마음의 선행을 쌓아 보고 싶은 영혼이 있다면 손을 들어 주세요.」

나는 욕을 하면서 날뛰었다.

「다 했잖아. 다 했는데 뭐가 문제냐고! 웃으래서 웃었고, 하라는 거 다 했는데!」

「행복 수치가 점점 더 낮아지고 있네요. 정말 딱하군요.」

담당자가 버튼을 누르자 우락부락한 천사들이 나타나 나를 어디론가 끌고 갔다. 도착한 곳은 작은 방이었다. 대천사가 걱정스러운 표정으로 방 안에 들어왔다.

「기종명 씨. 힘든 거 이해해요. 계속 열심히 참여하는데 행복 수치가 오르지 않으니 스트레스가 이만저만이 아니겠죠. 그래서 말인데, 행복 조정 치료를 병행해 보는 건 어때요? 영혼 중에서 차원을 이동하면서 에너지 균형이 깨지는 경우도 더러 있다고 하던데.」

「필요 없으니까 제발 날 좀 내버려두라고요!」

나는 소리 질렀다. 대천사는 나를 안쓰러운 표정으로 바라보았다.

「이제 제가 도와줄 방법이 별로 없네요. 행복 센터 입소밖에는……. 거기 가면 다 괜찮아질 거예요.」

행복 센터가 어떤 곳인지는 듣지 않아도 짐작할 수 있었다. 나는 대천사에게 매달렸다.

「도대체 왜 이렇게까지 하는 거죠? 네? 그냥 좀 불행하게 내버려두면 안 됩니까?」

「에이, 무슨 말씀을. 제가 관리하는 지부에서 그런 꼴은 못 보죠.」

대천사는 그렇게 말하고 내 어깨를 툭툭 두드렸다.

「한 달 정도 더 지켜볼게요. 기종명 씨.」

그날 이후 나는 식음을 전폐했다. 하지만 열받게도 아무 일도 벌어지지 않았다. 천국에서는 죽기는커녕 시름시름 앓는 것도 불가능했기 때문이다. 나는 그냥 새하얀 방에서 아무것도 하지 않고 시간만 보냈다. 그건 그리 낯선 일은 아니었다. 세상과 고립된 채 불행에 잠기는 일은 죽기 전에도 매일같이 했던 일이었으니까. 그곳에서 벗어나려 했는데, 끝내 그보다 더한 곳에 오게 되다니. 웃음이 절로 났다. 이게 바로 웃음 치료의 효과인가? 한참 실없이 웃다가 나는 결심했다. 이 모든 것을 바로 잡기 위해서 내가 할 수 있는 방법은 딱 한 가지뿐이었다.

나는 대천사를 찾아가 이렇게 말했다.

「저는 사실 자살한 사람입니다. 천국에 있을 자격이 없어요. 이렇게 평생 죽지도 않고 사느니 차라리 벌을 받겠습니다. 저를 추방하세요.」

「사후 세계 시스템은 아주 정확합니다. 오해가 있는 것 같네요.」

대천사는 이렇게 말하고 자신의 갈 길을 가려 했다. 나는 그녀의 앞을 가로막고 말했다.

「오해가 아닙니다. 저는 분명 자살한 거예요. 실족사가 아니고요. 못 믿겠으면 CCTV 돌려 보세요.」

「1점입니다. 종명 씨.」

대천사가 차가운 표정으로 말했다.

「당신이 천국에 들어온 것은 고작 1점 때문이라고요. 그리고 겨우 그 1점 때문에 지옥에 간 사람도 있겠지요. 그런 사람이 종명 씨의 이야기를 들으면 어떨까요? 왜 남들은 못 가져 안달인 이 자리를 버리지 못해서 난리냐고요.」

「저는, 저는 괜찮습니다. 그들을 위해서라도 저는 여기에 있으면 안 돼요!」

그러자 대천사는 엄지와 중지로 관자놀이를 누르며 말했다.

「기종명 씨? 오류를 보고하는 게 얼마나 귀찮은 일인지 아십니까?」

나는 멍하니 대천사의 얼굴을 쳐다봤다.

「기종명 씨를 추방하는 일쯤이야 쉽고 간단하죠.

여기 있는 이 대천사의 검으로 목을 베면 끝이니까요. 그런데 오류 보고는 그리 간단하지가 않아요. 일 키우지 말고, 피차 좋게 좋게 지내자고요. 제 말뜻 아시겠죠? 머리를 좀 쓰세요. 이 1점짜리야.」

나는 그 자리에 선 채 멀어져 가는 대천사의 뒷모습만 가만히 보고 있었다. 대학 가면, 입사하면, 결혼하면, 애 낳으면, 집 사면 행복해질 거라고 사람들은 말했다. 하지만 그건 다 거짓말이었던 거다. 가만히 있으면 주어지는 행복 같은 건 천국에서도 없었다. 나는 대천사에게 달려갔다. 그리고 그녀의 허리춤에서 칼을 뽑아, 내 목을 단번에 그었다.

「엿 먹어라, 이 악마 같은 대천사 새끼야!」

그래서 어떻게 되었느냐고? 당연히 나는 천국도, 지옥도 아닌 곳으로 추방당했다. 그곳에 대해서는 자세히 이야기하고 싶지 않다. 궁금하면 와보시든지. 내가 말해 줄 수 있는 유일한 것은 나처럼 추방당한 사람들과 함께 행복하게 잘 지내고 있다는 사실이다.

7
플라잉 학원

처음 그 간판을 보았을 때 사람들은 의아했다. 플라잉 미술이라니. 그게 뭐지? 플라잉 요가는 들어 봤어도 플라잉 미술은, 아무래도 생소했다. 궁금했던 한 학부모는 몰래 학원을 훔쳐봤다. 그랬더니 그 안에서 놀라운 일이 벌어지고 있었다. 아이들이 공중에 매달려 거대한 벽화를 그리고 있던 것이다. 커다란 붓을 들고 이쪽에서 저쪽으로 그네를 타듯 날아다니는 아이도, 혹시 모를 사고에 대비한 트램펄린을 활용해 뛰어오르며 그림을 그려 대는 아이도 있었다. 아이들의 표정은 모두 밝고 행복해 보였다. 학부모는 당장 그 학원 문을 열고 이렇게 말했다.

「등록할게요. 6개월이요!」

그렇게 플라잉 미술 학원은 번창했다. 대기가 너무

많아서 분점까지 생겼다. 아이들은 모두 그 학원에 보내 달라 떼를 썼고, 무언가 특별하고 창의적인 교육 경험을 제공하는 것만 같아 어른들도 만족해했다. 플라잉 미술 학원에서는 유명하다는 미래학자들을 초청해 특별 강연회까지 열었다.

「가까운 미래 로봇이 대신할 수 없는 유일한 것은 바로 창의성입니다.」

그들이 내뱉는 미래에 대한 전망은 마치 플라잉 미술의 교육법에 대한 근거처럼 들렸다.

맞은편 건물 2층의 수학 학원 원장은 늘 문전성시인 플라잉 미술 학원을 보며 이를 갈았다.

「저런 건 다 눈속임이야. 같잖은 이력으로 가르치려니 저런 어릿광대짓을 하는 거지.」

수학 학원 원장은 불평하며 미술 학원 원장의 이력을 검색했다. 하지만 사실은 원장의 생각과 달랐다. 해외 유학파 출신? 그는 코웃음을 쳤다. 유학파 출신이라면 그냥 환장하는 게 이 동네 부모들이라니까. 수학 학원 원장은 인터넷 창을 닫았다. 어차피 저런 건 한때의 유행에 불과하고 시간이 지나면 인기가 사그라들 거라고 확신했기 때문이다.

하지만 문제는 플라잉 미술 학원의 인기가 그의 학원 운영에도 영향을 미쳤다는 사실이다.

「선생님, 학원은 이번 달까지만 다닐게요. 사교육비가 늘어서…….」

그렇게 말하고 그만둔 원생의 엄마를 그는 플라잉 미술 학원 앞에서 다시 만났다.

「아니, 애가 너무 하고 싶다고 조르는 바람에…….」

그날 취해서 집으로 돌아온 수학 학원 원장은 아내에게 이렇게 말했다.

「대세는 날아다니는 거야. 발을 땅에 붙이면 안 돼!」

다음 날 그는 플라잉 수학 학원으로 간판을 바꿨다. 그러자 놀라운 일이 벌어졌다. 문의 전화가 폭증한 것이다. 그날부터 아이들은 공중에 매달려 수학을 배웠다. 플라잉 구구단 댄스, 플라잉 분수 놀이, 플라잉 도형 등 원장이 내놓는 특강들은 모두 놀랍도록 새로웠다. 사실은 그냥 공중에 매달려 흔들거리면서 수학을 배우는 것에 불과했지만 같은 값이면 미술보다는 수학 쪽이 조금 더 가성비가 넘친다고 생각한 것인지 플라잉 미술 학원의 수강생들이 대거 유입되었다.

「상도덕이 없는 거 아닌가요?」

플라잉 미술 학원 원장이 찾아와 따졌다.

「플라잉 요가 따라한 거 아니에요, 그쪽도? 날아다니는 게 뭐 저들 특허인가.」

수학 학원 원장이 대꾸하자 미술 학원 원장은 씩씩거리다 돌아갔다. 그로부터 얼마 지나지 않아 미술 학원은 자리를 옮겼다. 수학 학원이 더욱 번창한 것은 말할 것도 없었다. 원장은 강사를 더 뽑고 특강반을 대거 운영했다. 지방에서 소문을 듣고 올라오는 아이들도 있었다. 그래서 그는 플라잉 독서, 플라잉 영어 학원까지 사업을 확장했다. 빚을 조금 져야했지만 벌어들일 돈을 생각하면 그 정도는 아주 작은 투자에 불과했다. 바야흐로 플라잉 학원의 시대가 도래한 것이다.

물론 모든 일이 순조롭기만 한 것은 아니었다. 아이가 멀미가 심해 수업에 집중할 수가 없다며 환불을 요구하거나 별스타그램에 올릴 수업 사진을 자꾸 흔들리게 찍어 준다며 불만을 제기하는 학부모들이 있었기 때문이다. 게다가 자신은 〈날아다니지 않겠다〉며 줄을 풀어내는 아이들도 어쩌다 한 명씩 나타났다.

「전 수학 문제 풀 때 앉아서 해야 집중이 잘돼요.」

원장은 다른 아이들 보란 듯 아이에게 윽박질렀다.

「지금 중요한 건 수학이 아니잖아!」

「그럼 뭐가 중요한데요?」

아이들이 모두 눈을 동그랗게 뜨고 원장의 말을 기다렸다. 원장은 비장하게 대답했다.

「중요한 건, 지금 우리가 플라잉을 한다는 거다.」

수업의 질을 떨어뜨리는 열혈 학생들을 내몰고 학원에 멀미약을 상시 구비하자 학생 수는 더욱 늘어났다. 다른 지역에서 분점을 내고 싶다는 원장들 몇을 불러다가 사업 설명회 개최까지 앞두게 되었다.

그런데 어느 날 맞은편 건물에 이런 학원이 생겼다.

〈무중력 수학 학원 — 우주로 뻗어 나갈 아이들을 위한 무중력 교실〉.

수학 학원 원장은 입을 다물 수가 없었다.

「선생님, 시작 안 해요?」

보채는 소리에 원장은 창에서 등을 돌려 아이들을 보았다. 아이들은 마리오네트처럼 줄에 매달린 채 축 늘어져 있었다. 그는 목을 가다듬고 이렇게 외쳤다.

「자, 지금부터는 플라잉 함수를 시작하겠습니다!」

저물어 가고 있는 플라잉의 시대를 피하지도 마주하지도 못한 채.

8
각자의 사정

「사정이 있어 우유 정기 배달을 취소합니다.」

주부는 망설이다가 문자를 전송했다. 하다 하다 아기 먹는 우유까지 끊다니, 정말 갈 데까지 갔다 싶었다. 하지만 그 우유는 비싸도 너무 비쌌다. 여유가 있었을 때야 일주일에 두 번씩 집 앞으로 척척 배달 오는 무항생제 우유를 먹일 수 있었지만, 요즘 같아서는 발품을 팔더라도 마트 할인 우유를 사는 게 형편에 맞는다고 생각했다. 쏠쏠하지만 어쩔 수 없는 일이었다. 그런데 그 순간 휴대폰이 울렸다. 우유 배달원에게 온 답장이었다.

「사정이 있어 우유 정기 배달을 취소할 수가 없습니다.」

상상할 수 없던 답변이었다. 취소해 달라고 재차

요구했지만 상대에게서는 이제 답장조차 없었다. 나중에는 전화를 걸어 보아도 받지 않았다.

다음 날 새벽, 주부는 현관 앞에 잠도 안 자고 대기하고 있다가 부스럭거리는 소리가 들리자마자 현관문을 벌컥 열었다.

「우유 배달 끊어 주시죠.」

그러자 배달원은 크게 놀라지도 않으며 우유 가방 안에 우유를 쏙 넣더니 이렇게 물었다.

「왜요?」

「사정이 있다고 했잖습니까!」

그러자 배달원은 잠시 뭔가를 생각하는 듯하더니 이렇게 대답했다.

「그건 어렵겠는데요. 저도 사정이 있어서.」

「그쪽 사정을 왜 내가 신경 써야 하죠? 저는 소비잡니다. 소비자가 계약을 해지하는 건 권리란 말입니다.」

「네, 뭐. 보편적으로는 그렇죠.」

배달원의 태도는 정말이지 미적지근했다.

「지금 계약 기간 안 끝나서 사은품으로 받은 믹서기 반납해야 하는 건 알고 계시죠? 아니면 위약금 지불하셔야 하는데요.」

주부는 흠칫 놀랐다. 지난달에 고장 난 믹서기, 그게 사은품이었던가.

「위약금 얼만데요?」

「10만원도 넘죠.」

주부는 배달원을 노려보았다. 이제는 괘씸해서라도 손해를 감수하고 배달을 끊어야 할 판이었다. 주부는 끓어오르는 말을 내지르려다가 꿀꺽 삼켰다. 지금은 한 푼이라도 더 아껴야 하는 상황. 자존심 같은 건 중요한 게 아니었다.

「다음에 다시 사정이 좋아지면 배달시킬 테니 한 번만 그냥 넘어가 줘요.」

하지만 만만한 상대는 분명 아니었다.

「사정이야 나빠지면 또 좋아지고 하는 건데, 그럴 때마다 이렇게 계약을 취소했다가 다시 했다가 할 겁니까?」

육아 휴직한 주부와 우유 배달원은 복도에 선 채 서로 대치했다. 팽팽한 긴장감이 맴돌았다. 방심한 순간 어떻게 될지 모르는 진검승부와도 같았다. 먼저 입을 연 것은 배달원이었다.

「그렇다면 서로의 사정을 겨뤄 보죠. 누가 더 불쌍하고 안타까운 사정인지 단판 승부를 봅시다. 그쪽이

이긴다면 1년 계약 연장, 제가 이긴다면 위약금 없이
취소하고 3개월치 우유까지 무료로 넣어 드리죠. 어
떻습니까?」

「좋습니다. 제가 먼저 하죠.」

애니메이션 주인공처럼 주부는 외쳤다.

「금리 인상!」

그러자 필살기처럼 우유 배달원도 답했다.

「본사 실적 압박!」

주부는 가볍게 받아쳤다.

「대출 영끌, 이자 가중!」

그러자 우유 배달원은 준비라도 한 듯 외쳤다.

「전세 만기, 자금 부족!」

욱. 주부는 대미지를 입었다. 아이를 막 낳았을 때
방 두 칸 있는 집으로 옮기려다 고통스러웠던 과거가
떠올랐기 때문이다. 주부는 정신을 차리기 위해 고개
를 도리도리 저었다. 그리고 영혼 깊은 곳에서부터
솟아오르는 울분을 토해 내듯 외쳤다.

「삼송전자 주가 폭락!」

욱. 이번에는 얻어맞기라도 하듯 우유 배달원이 주
춤거리며 뒤로 물러났다.

「삼송전자라면……. 많이 물리셨네요.」

주부는 잠시 묵념하듯 눈을 감았다. 깊은 침묵이 흘렀다. 우유 배달원은 자신도 모르게 감정적이 된 것을 알아차리곤 재빨리 눈을 부릅떴다.

「아내 몰래 담보 대출!」

아이고, 하는 말이 입 밖으로 튀어나올 뻔한 것을 참고 주부도 반격했다.

「돈 빌려준 친구 잠적!」

그야말로 엄청난 이야기들이 오갔다. 급기야…….

「발기 부전! 섹스리스!」

「아니, 어쩌다가……. 아직 젊어 보이시는데.」

문득 상대를 동정해 버린 주부는 고개를 절레절레 젓고 이렇게 반문했다.

「그런데 그건 우유 끊는 사정과 아무 상관이 없는 것 아닙니까?」

「듣고 보니 그렇군요.」

그때였다.

「신선도 하락!」

갑자기 우유가 불쑥 머리를 내밀고 말했다.

「듣고 있자니 정말 불쾌하네요. 죄송하지만 여기 대롱대롱 매달려 있는 제 입장도 좀 생각해 주시겠습니까? 1등급 무항생제 원유 무시하는 것도 아니고.」

그들이 당황할 새도 없이 이번에는 이런 목소리가 들려왔다.

「줄 꼬임 짜증!」

우유 보관 주머니가 한 말이었다.

「얘기가 나와서 말인데, 줄이 너무 꼬여 있다고 생각하지 않나요? 당신들 인생도 이렇게 꼬여 있으면 기분이 참 좋겠습니다?」

주부와 우유 배달원이 합심해 우유 보관 주머니의 배배 꼬인 줄을 풀어내고 있을 때였다. 뒤뚱거리며 아기가 걸어 나왔다.

「그냥 조용히 살려고 했는데 듣자 듣자 하니 다들 너무하네. 내가 먹을 건데 그걸 자기들끼리 멋대로 결정하다니. 쭙(쪽쪽이를 빠는 소리).」

아기는 작고 오동통한 손가락에 공갈 젖꼭지를 걸고 그들에게 삿대질을 했다.

「하루 종일 비린내 나는 우유만 먹는 내 사정은 생각해 봤어? 황사에 방사능 수산물에 전염병에 미래가 저당 잡힌 내 생각은 한 번이라도 해봤냐고.」

아기는 공갈 젖꼭지를 한 번 더 쭙쭙 빨더니 이렇게 말했다.

「됐고, 주 1회로 타협합시다. 나도 이제 슬슬 우유

줄이고 유동식으로 넘어갈 생각이었으니까. 대신 다음부턴 요구르트도 같이 넣는 걸로. 달짝지근한 게 필요해. 아기의 삶이란 아주 씁쓸하다고.」

「잘못······했습니다.」

모두 아기에게 사과했다.

9

Call you back

나는 당신을 알고 있다. 당신은 43세이고 남자다. 이름은 최우영. 재개발로 떠들썩한 K 시에 살다가 최근 주소를 변경했다. 제법 재미 좀 본 것 같다. 치킨집 창업까지 한 것을 보니.

당신의 가게는 새로 생긴 아파트 상가 안에 있다. 문에 달린 종소리가 울리자 한 남자가 카운터 앞으로 달려 나와 내게 인사한다. 사투리가 섞인 걸걸한 목소리. 당신이 분명하다. 나는 대꾸하지 않는다. 대신 잘 나가는 메뉴가 뭐냐고 물어본다. 당신은 웃으며 메뉴판에서 몇 개를 손으로 가리킨다. 당신은 친절하다. 아주 상냥한 사람이다.

가게 안의 모든 것에서 새것 냄새가 난다. 치킨을 기다리며 나는 가게를 둘러본다. 다섯 개의 테이블

중 손님이 있는 테이블은 나를 제외하고는 둘뿐이다. 손님이 더 많다면 좋았을 텐데. 손님이 벨을 누르자 당신은 갓 튀긴 치킨처럼 웃으며 달려간다. 치킨은 바삭하고 노릇노릇하다. 몇 점 집어 먹다가 나는 옆 테이블이 주문한 생맥주를 시킨다.

「사장님, 이게 뭐죠?」

얼마 지나지 않아 나는 준비된 그것을 발견하고야 만다. 가게 안에 있던 사람들의 시선이 느껴진다.

「어이쿠, 이게 왜 여기에……. 얼른 새것으로 바꿔 드리겠습니다.」

당신은 깍듯이 말한다. 하지만 나는 얼굴을 찌푸린다.

「파리 빠져 죽은 맥주를 또 마시라고요?」

「홀에서 들어갔던 걸 거예요. 맥주는 문제없습니다. 얼른 다시 드릴 테니…….」

나는 테이블 위 머리카락을 가리키며 말한다.

「그걸 어떻게 믿어요? 아까 치킨에서는 머리카락도 나왔는데요. 그냥 넘어가려고 했는데 도대체 관리를 어떻게 하시는 거예요?」

다른 테이블에 앉은 사람들이 자신의 맥주잔을 내려다본다. 사장은 머리카락 한 올을 들고 이리저리 비쳐

본다. 자신의 것이 아니라는 증거라도 찾고 싶은 것일까. 하지만 중요한 건 사실 같은 게 아니다. 중요한 것은 고객의 마음이다. 당신이 그렇게 말하지 않았던가.

나는 당신에 대해 아주 많은 것을 알고 있다. 당신의 이름, 나이, 사는 곳, 당신이 오늘 어디에서 얼마를 썼는지, 그리고 당신의 카드가 정지되었던 진짜 이유와 대출금이 어떻게 상환되고 있는지까지도. 당신은 어제 내게 쓰레기 같은 년이라고 말했다. 나와 당신의 음성 파일이 회의 시간에 공개되었다. 나는 고개를 숙인 채 내 목소리를 들었다. 나는 죄송하지 않은 일을 죄송하다고 말하는 사람이었다.

「죄송하면 다야?」

나는 그 말을 그대로 돌려준다. 돈도 내지 않고 가게를 나선다. 딸랑거리는 종소리가 경쾌하다. 나는 춤을 추듯 걸어간다. 내일은 당신의 가게에서 배달을 시킬 것이다. 리뷰도 꼭 쓸 것이다. 쩔쩔매는 당신의 얼굴이 떠올라 나는 웃는다. 너무 우스워 길에서 주저앉아 깔깔 웃는다. 웃다가 끝내 슬퍼지고 만다.

하지만 괜찮다. 내일은 다시 웃을 것이다. 친절해질 것이다. 그게 바로, 내 직업이기 때문이다.

10
면접관의 슬픔

　면접관은 자신 앞에 돌돌 굴러들어 오는 네 명의 사회 초년생들을 보았다. 자신도 모르게 입에 침이 고인 것은 며칠 전 먹은 회전 초밥이 떠올라서였다. 보기 좋은 옷에 얌전히 포장된 면접자들은 저마다 비슷하면서도 다른 구석이 있었다. 기름기가 좌르르 흐르는 사람도, 붉고 탱탱한 사람도, 제법 숙성되어 보이는 사람도, 양파 슬라이스와 소스로 개성을 드러내는 사람도 있었다. 하지만 그들이 그 까다롭기로 유명한 K 기업의 1차 서류와 2차 면접을 거쳐 올라온 특상품의 인재들임에는 의심할 나위가 없었다. 면접관은 완벽하게 세팅된 두 명의 남자와 두 명의 여자를 앞에 두고 고민했다. 이들 중 단 하나만을 뽑아야 한다니…….

　다행인 점은, 이력서상으로 보았을 때 누가 되어도

상관이 없을 만큼 완벽한 인재들이라는 점이었다. 토론 실력도 수준급이었고 체력 점수 또한 성별을 막론하고 월등했다. 하다못해 외모마저도 출중했다. 이 중에서 누군가를 떨어뜨려야 한다는 건 도저히 쉬운 일이 아니었다. 면접관은 한숨을 내쉬었다.

「여러분 가운데 5개 국어 못 하는 사람 손들어 보십시오.」

면접관의 질문에 그 누구도 손을 들지 않았다.

「그렇다면 여러분 가운데 멘사 회원이 아닌 사람은?」

역시 아무도 손을 들지 않았다.

「아이비리그 수석 졸업생이 아닌 사람은?」

그쯤 되자 지원자들이 웅성거렸다. 면접관은 서류 파일을 탁 접었다.

「여러분도 알고 있겠지만 여러분들은 모두 훌륭합니다. 게다가 서류상으로도 완벽하죠. 솔직하게 고백하겠습니다. 서류로 여러분을 판단하고 선별해 낸다는 건 별 의미가 없습니다.」

지원자들은 눈을 크게 뜨고 면접관을 바라봤다.

「게다가 이 짧은 면접으로 인성과 직무 적합도를 평가한다는 것 역시 어차피 불가능에 가깝습니다. 여러분은 인적성 점수 역시 만점이고, 경력직으로 입사

한대도 이상하지 않을 만한 경력들을 갖고 있지 않습니까. 그래서 말인데…….」

지원자들이 침을 꿀꺽 삼켰다.

「조금이라도 자격이 더 많은 사람이 이 회사에 적합한 인재가 아닐까 저는 생각합니다.」

면접관의 뜻을 눈치 빠르게 알아챈 한 여자가 손을 들었다.

「저는 공인 중개사 자격증이 있습니다.」

그러자 나머지 넷도 빠르게 손을 들었다.

「저도 있습니다.」

「저도.」

「저도요.」

「저돕니다.」

면접관의 손짓에 다들 천천히 손을 내렸다. 곧 가장 마지막에 손을 들었던 남자가 다시 손을 번쩍 들었다.

「저는 속기사, 한식 조리사, 정리 수납 전문가, 재활 승마 치료사, AMA 몬테소리, 종이접기 지도사 자격증이 있습니다.」

이번에는 말도 없이 나머지 네 사람이 손을 들었고, 면접관은 다시 손을 내리라는 제스처를 했다. 그때였다.

「저는 눈곱 떼기 전문가 자격증이 있습니다.」

가장 왼쪽에 앉은 여자가 말했다. 면접관은 눈을 가늘게 뜨고 물었다.

「그런 자격증이 있나요?」

「네. 1급입니다.」

그러자 가장 오른쪽에 앉은 남자가 치고 들어왔다.

「그건 업무와 무관한 자격증 같은데요.」

피로해진 면접관이 말했다.

「그 무엇도 업무와 무관하다고 할 수는 없습니다.」

그러자 다른 사람들도 번쩍번쩍 손을 들었다.

「저는 전통주 소믈리에 자격증이 있습니다.」

「저는 애니멀 커뮤니케이터 자격증이 있습니다.」

면접관이 볼펜으로 서류에 무언가를 적는 소리가 면접자들을 더욱 불붙였다. 그들은 이제 자격증이 아닌 것에도 열을 올렸다.

「저는 흰머리를 잘 발견할 뿐 아니라 그것을 놓치지 않고 뽑을 만큼 집요합니다.」

「중요한 것은 능력이 아니라 〈그것을 어떻게 업무와 연결하느냐〉입니다. 저는 시력이 좋아 점심시간 동료의 이에 붙은 고춧가루도 빠르게 캐치해 미팅에

차질이 없도록 할 것입니다.」

면접관의 펜은 바쁘게 굴러갔고 지원자들의 머릿속도 그렇게 굴러갔다. 그때였다. 누군가 이렇게 말했다.

「말보다 중요한 것은 바로 행동입니다. 저는 회사와 결혼한다는 생각으로 미리 정관 수술을 했습니다.」

면접관은 정신이 멍해졌다.

「제가 아는 그게 맞습니까?」

「네. 그렇습니다. 저는 가정이 없기에 워라밸도 필요하지 않습니다. 워크가 곧 라이프인 삶을 살 것입니다. 회사가 곧 나고 내가 곧 회사라는 생각으로 열심히 하겠습니다.」

그러자 옆에 있는 여자도 손을 들었다.

「루프 시술이라면 저도 했습니다.」

그러자 다른 여자가 손을 들고 대답했다.

「저는 피임약을 5년째 복용하고 있습니다.」

손을 들지 않은 남자에게 시선이 쏠렸다.

「저는…….」

남자는 머뭇거렸다. 드디어 한 명의 탈락자를 맞이하게 될 생각에 면접관의 눈은 빛났다. 그러나 그는 떨리는 목소리로 이렇게 대답했다.

「없는 것이나 다름없습니다. 기능을 거의…….」

면접실 안의 사람들은 잠시 숙연해졌다.

〈이를 어쩐다…….〉 면접관은 일이 쉽게 풀리지 않으리라는 것을 알았다. 명확한 근거 없이 이 중에서 누군가를 뽑았다가는 이들이 이 놀라운 능력으로 자신과 회사를 고소할지도 모르는 일이었으니까. 부당 면접이라고 시위라도 한다면 또 어쩐단 말인가. 면접관은 면접의 결과를 자신이 결코 책임지고 싶지 않았다. 그래서 이런 제안을 했다.

「도저히 우열을 가릴 수 없는 자격들이 많군요. 여러분의 열정도 잘 보았습니다. 하지만 여전히 여러분이 지닌 능력이 너무 뛰어나 선별에 어려움이 있습니다. 차라리 가장 공정한 대결을 통해 한 명의 면접자를 뽑는 것이 좋겠습니다. 의지와 노력을 볼 수 있는 그 종목은 바로…….」

침묵을 깨고 면접관이 말했다.

「눈싸움입니다.」

면접자들이 웅성거렸다.

「질문 있습니다.」

한 남자가 손을 들었다.

「저는 라섹 수술을 해서 안구 건조증이 있습니다. 공정하다고 보기에는 어렵지 않습니까?」

그러자 다른 여자가 나섰다.

「라섹 수술을 했다는 건 시력 관리에 소홀했다는 사실을 스스로 인정하고 그러한 자신의 방종에 책임을 다하지 않겠다는 뜻으로 들립니다만.」

「지금 해보자는 겁니까?」

면접관은 그들의 싸움을 말렸다.

「그만들 하세요. 고통을 참는 여러분의 의지를 보여 주는 자리입니다. 변명은 필요 없습니다.」

지원자들은 침을 꿀꺽 삼켰다. 눈을 깜박이며 대비하는 지원자도 있었다.

「그럼, 지금부터 시작하겠습니다.」

네 명의 인간이 눈을 부릅떴다. 숨소리도 들리지 않았다. 그렇게 1분이 지났지만 그 누구도 눈을 감지 않았다. 2분이 지나자 몇몇 지원자의 눈에서 눈물이 흘러내렸다. 하지만 여전히 눈을 깜박인 사람은 없었다. 면접관은 이대로는 승부가 나지 않겠다고 생각했는지 그들의 눈을 향해 주먹으로 잽을 날렸다. 눈앞에 주먹이 가까워지는데도 지원자들은 눈꺼풀조차 떨지 않았다.

「지금부터는 둥글게 서도록 하세요.」

면접관이 말했다. 그러자 곧 한 명의 탈락자가 나

왔다. 그녀는 평소 웃음이 많았기에 맞은편 면접자의 비장한 얼굴을 본 순간 웃음을 터트리며 주저앉고 말았다.

「탈락입니다. 나가 주세요.」

면접관은 냉정했다. 웃음을 터트린 지원자는 웃음기가 사라진 얼굴로 퇴장했다. 그 이후로도 한동안 탈락자가 나오지 않았다.

「지금부터는 서로의 눈에 바람을 불어 넣으시길 바랍니다.」

면접관의 말에 모두가 입술을 모아 바람을 불어 넣었다. 눈이 지나치게 부리부리했던 지원자가 집중 포격 대상이 되었다. 그는 결국 눈을 감아 버리고 말았다.

「이제 남은 건 두 사람이군요.」

면접관은 두 사람을 마주 보게 했다. 둘은 아주 가까운 거리에서 서로의 눈을 응시했다. 붉게 충혈된 눈은 도무지 떨림이 없었다. 그때였다, 한 지원자가 손을 들어 상대 지원자의 눈을 찌른 것은.

「뭐 하는 짓입니까!?」

눈을 찔린 지원자가 외쳤다. 상대는 당황한 목소리로 중얼거렸다.

「죄, 죄송합니다. 눈을 찌르려던 게 아닙니다. 보면

떼지 않고는 견딜 수가 없어서 그만······.」

눈곱 떼기 전문가 자격증 1급을 소유한 지원자였다.

「부정행위로 탈락입니다. 나가 주시기 바랍니다.」

면접관은 공정했다. 2번 지원자도 나갔다. 이제 합격자는 정해진 것이나 다름없었다. 하지만 문제는 따로 있었다. 마지막 남은 지원자가 눈을 가리며 이렇게 말했기 때문이다.

「면접관님. 죄송하지만, 앞이 잘 보이지 않습니다.」

눈싸움 탓인지, 눈곱을 떼려던 지원자가 손가락으로 찔러서인지, 이 면접에서 받은 스트레스 때문인지는 알 수 없었다. 면접관은 한참 침묵했다. 그리고 힘겹게 대답했다.

「죄송하지만 저희 회사에서는 앞이 보이지 않는 직원을 뽑을 수는 없습니다. 시력을 회복하면 다시 지원해 주시기 바랍니다.」

마지막 지원자마저 나간 후, 빈 면접실에서 면접관은 고뇌했다. 하지만 고뇌하는 그의 얼굴은 이상하게도 밝았다. 그는 휴대 전화를 들고 어디론가 전화를 걸었다.

「민수냐? 삼촌이다. 다름이 아니라······.」

뭐, 어쨌든 누군가는 뽑아야 하니까 말이다.

11
절반의 교실

「졸업한 지 좀 됐네요.」

원장은 이력서를 덮으며 말했다. 그것이 그가 내 이력서에 대해 유일하게 언급한 내용이었다. 원장은 그날 내게 아무것도 묻지 않았다. 그래서 나는 내가 좋아하는 책이나 교육에 대한 철학 같은, 국어 강사로서 준비해 간 답변을 하나도 하지 못했다. 원장은 자리에서 일어나 교무실을 어슬렁거리며 말했다.

「우리 학원은 입지가 뛰어납니다. 이 동네에서 제일 큰 아파트 단지 내 상가에 있으니까요. 보세요. 새 건물이라 깨끗할 뿐 아니라 책걸상, 조명, 프린트 기기, 하다못해 A4 용지까지 모두 다 최고급으로만 들여놓았어요. 이렇게 모든 것이 갖춰진 학원의 아이들이 자꾸만 줄어드는 이유를 저는 딱 한 가지밖에 찾지 못했는데요. 바로 저급한 강사들의 자질 문제죠.」

그는 나를 노려보듯 말했다.

「요즘 젊은 사람들은 힘든 일을 안 하려고 해요. 아이들에게 쪽지 시험을 보게 하는 일도 없습니다. 그래서 내가 문제 은행 시스템까지 다달이 결제했어요. 그냥 거기서 문제를 뽑아서 인쇄만 하면 되는 겁니다. 그런데 그것도 안 해요. 어떻게 그럴 수가 있습니까? 이렇게 완벽한 강의 자료를 다 떠먹여 주어도 강의를 못하는 건 도저히 말이 안 되는 일이잖아요. 군기 빠진 강사들이 이 일을 너무 쉽게 생각하고 와서는 너무 쉽게 그만둡니다. 교실에 떨어진 쓰레기 하나 제 손으로 줍지 않는 한심한 요즘 사람들이 정 선생은 아니기를 바랍니다. 그래서, 출근은 언제부터 할 수 있죠?」

원장은 나에게 3, 4, 5, 6학년 국어와 독서 과목을 맡아 달라고 했다. 나는 자신 있다고 대답했다. 그 말을 듣기 전까지는 말이다.

「3, 5학년이 한 반이고 4, 6학년이 한 반입니다.」

나는 내 귀를 의심했다.

「그럼 수업은 어떻게 진행하는 건가요?」

원장은 내 질문에 황당하다는 듯 대꾸했다.

「3학년과 5학년을 각각 진행해야죠.」

「어떻게 그게 가능하죠?」

「3학년 이론하는 동안 5학년 문제 풀이를 시키고 5학년 이론하는 동안 3학년 문제 풀이를 시키면 되잖아요?」

「하지만 아무리 그래도 두 학년을 동시에 수업하는 건 무리예요.」

그러자 원장은 한숨을 내쉬었다.

「해보지도 않고 어렵다, 힘들다, 이런 말을 하는 건가요?」

나는 아차 싶었다.

「해보겠습니다.」

어쩌면 거기서부터 문제가 시작된 것이었을까?

첫 출근 날 나는 원장이 말하는 〈한심한 요즘 사람〉이 되지 않기 위해 두 시간이나 학원에 일찍 갔다. 그가 자랑하던, 클릭만 하면 된다던 문제 은행 시스템은 오타가 많고 중복 문제도 가득했기에 따로 손을 보지 않으면 쓸 만한 수준이 아니었다. 원장은 내가 쪽지 시험지를 만드는 모습을 흐뭇하게 지켜봤다. 그때였다. 원장이 심각한 표정으로 전화를 받았다.

「뭐라고요? 잠깐만요, 이런 게 어딨습니까!」

전화를 끊더니 원장은 주먹으로 책상을 내려쳤다. 그리고 잠시 숨을 고르는가 싶더니 내게 다가와 웃으며 이렇게 말했다.

「영어 수업, 가능하죠?」

「네?」

「영어 선생이 갑자기 그만뒀어요.」

그리고 선생은 나에게 영어 문제집과 답안지를 내밀었다.

「시급은 국어와 똑같이 1만 2천 원으로 하죠. 수업은 같은 요일인데 시간이 늘어나는 거니 정 선생에게도 좋을 겁니다. 초등 영어도 설마 못 한다는 건 아니겠죠? 수업 시작 5분 전이니까 서둘러 주세요. 쪽지 시험지는 오늘만 특별히 제가 준비하죠.」

「하지만 저는 국어 전공인데요.」

그러자 원장은 얼굴을 찌푸리며 말했다.

「국어와 영어는 언어라는 점에서 본질적으로 같은 것 아닙니까?」

그렇게 나는 국어 겸 독서 겸 영어 강사로서 4학년 겸 6학년 강의실에 들어가게 되었다. 학생들은 총 6명이었고 4학년이 2명, 6학년이 4명이었다. 긴 강의실은 두 줄로 나란히 나뉘어 있었는데 각 학년의 아이들은 분단별로 이미 나눠 앉아 있었다. 나는 2분단으로 나눠진 교실을 이쪽저쪽 왔다 갔다 하면서 영어를, 때로는 한국어를 했다. 두 개의 책을 펼치고 1분도 쉬지 않은 채 조잘거리려니 입도 아프고 다리도 아팠다.

「아, 몸이 쪼개질 것 같네.」

그리고 어느 날, 그 일이 정말로 일어났다. 내 몸이 마른 통나무를 도끼로 자른 듯 순식간에 반으로 쪼개진 것이다. 두 다리가 휘청이더니 결국 제각각 다른 방향과 모양으로 쓰러졌다. 우선 나는 눈동자를 굴려 내 몸의 절단면을 살폈다. 다행히도 피가 나거나 속이 보이지는 않았다. 봉합이라도 된 것처럼 비현실적으로 매끈했다. 더 신기한 점은 분리된 두 개의 몸을 내가 동시에 움직일 수 있다는 사실이었다.

〈도대체 왜 이런 일이?〉

나는 황당했다. 하지만 곧 납득할 수 있었다. 한 사람이 그 많은 업무를 맡는 것은 비현실적이었기에 내 몸 역시 물리 법칙을 초월해 반으로 쪼개지고 말았던 것이다. 아아, 그렇게 이해하고 나니 오히려 쪼개진 것이 합리적이고 마땅해 보였다. 나는 시계를 보았다. 다음 수업 시작 5분 전이었다. 나는 일단 쓰러진 내 반쪽 몸을 짚고 반쪽만 일어났다. 그리고 남은 반쪽의 손을 잡고 일으켜 세웠다. 처음에는 서 있는 것조차 어려웠지만 두 몸을 기대어 보자 그런대로 버티는 게 가능했고, 조금 익숙해지고 나니 대충 걷는 것도 가능한 상태가 되었다. 나는 어기적거리며 원장에게 다가가 이렇게 말했다.

「저, 죄송하지만 업무 중에 몸이 이렇게 되어 버렸는데요.」

원장은 잠시 흠칫 놀라더니 눈살을 찌푸렸다.

「아무리 그래도 수업은 해야하지 않겠어요? 학생들이 기다리잖아요.」

그리고 이런 말도 잊지 않았다.

「몸이 두 개라고 해서 월급을 두 배로 주는 건 아니니 기대하지 마세요.」

그렇게 나는 반쪽짜리 몸으로 수많은 업무를 수행할 수 있게 되었다. 한쪽 몸이 3학년을 맡고 한쪽 몸이 5학년을 맡았다. 나중에는 한쪽 몸은 교실에서 강의를 하고 한쪽 몸은 빈 강의실 청소를 할 수 있을 만큼 절반의 삶에 익숙해지기도 했다. 반쪽짜리 몸은 이상하게 늘 두 배는 더 무겁게 느껴졌다. 하루는 업무가 남아서 반쪽만 퇴근하는데 6학년 반 아이 부모를 복도에서 만났다.

「어머나, 선생님. 몸이…… 반쪽이시네요!」

「네, 일하다 보니 그렇게 됐습니다.」

나는 반쪽짜리 웃음을 지으며 말했다.

「어떡해.」

학부모는 걱정스러운 목소리로 말했다. 하지만 그 뒤에 나온 말은 내 기대와 달랐다.

「수업은 지장 없으신 거죠? 우리 아이가 요즘 중요한 시기라서…….」

조심스러운 말투인 것과는 달리 그녀의 눈빛은 예리했다.

「네, 문제없습니다.」

나는 억지로 입꼬리를 끌어 올리며 대답했다.

나를 걱정해 주는 것은 아이들뿐이었다.

「선생님, 좀 앉아서 하세요.」

입가에 초콜릿을 묻힌 아이들의 진심 어린 마음에 나는 늘 위로받곤 했다. 저 아이들을 위해서라도 힘내야지. 그런 생각에 한 발로 열심히 땅을 딛고 섰던 것이다. 하지만 그 아이들에게 도저히 있어서는 안 될 일이 벌어지고 말았다. 교실에 있는 아이들마저 어느 날 나처럼 되어 버린 것이다.

「아이들이 쪼개졌어요!」

나는 한 발로 폴짝폴짝 뛰어 원장에게 이 사실을 알렸다. 원장은 기뻐하며 학부모들에게 전화를 돌렸다.

「이제 수학이랑 영어를 동시에 배울 수 있게 되었습니다!」

그렇게 아이들은 수학과 영어를, 체육과 음악을 동시에 할 수 있었다. 하지만 이제 막 쪼개진 아이들은 반쪽의 몸으로 서는 일이 익숙하지 않았고 근력도 부족했기에 자주 피식거리며 쓰러졌다. 혼자 힘으로는 집에 돌아가기는커녕 화장실도 가지 못하는 아이들을 위해 학부모들은 기꺼이 그들을 부축했다. 그 모습을 보고 원장은 몹시 만족스러운 듯 이렇게 말했다.

「수강료는 과목당 받으니까 잘됐지, 뭐. 인구 문제도 해소되고.」

〈이 미친 학원을 그만둬야 해.〉

나는 참지 못하고 원장에게 퇴사 통보를 했다. 당연히 원장은 길길이 날뛰었다.

「지금 장난하는 겁니까? 정 선생도 결국은 이렇게 책임감 없는 사람이었습니까?」

나는 원장의 말을 무시하고 학원 문을 열었다. 이제 이 학원과는 진짜 끝이다! 나는 해방감을 느꼈다. 하지만 그 감정은 곧 불안감으로 바뀌었다.

〈다시 온전한 나로 돌아갈 수 있을까?〉

그리고 그 질문은 이렇게 이어졌다.

〈분열된 채로 살아가는 것이 어쩌면 더 나은 건 아닐까?〉

답을 알지 못한 채 반쪽짜리 나는 서로를 의지하면서 어기적어기적 집을 향해 걸어갔다.

12
진실의 주둥이

수지가 발표를 시작했을 때, 뒤에서 누군가 꿀! 하고 외쳤다. 그 주위에서 작게 웃음소리가 들렸다. 수지는 계속 낭독했다. 듣지 못한 것일까, 무시한 것일까? 나로서는 듣지 못한 쪽이 더 낫겠다고 생각했다. 나는 그 애의 담임 교사였으니까.

나는 〈꿀〉이라고 외친 게 누구인지 정확히 알고 있었다. 교실 뒤쪽에 껄렁한 자세로 앉아 패거리들과 낄낄거리는 온유라는 남자애다. 온유는 성적이 좋고 남자애들 사이에서 서열도 높다. 서열이라는 개념을 나는 교사가 되고 나서 처음 알았다. 새학기 첫날 초등학교 6학년 교실 안에서 어떤 일이 벌어지는지도.

새학기 첫날 교실에서는 전투력 측정이 이뤄진다. 서로가 각자의 전투력을 계산하고 누가 이 싸움의 승자가 될지 점치는 것이다. 그건 교사인 나도 피할 수 없었다. 내가 아이들을 파악하는 것보다 아이들이 나를 파악하는 것이 더 빨랐다. 어떤 반에서는 기선 제압에 실패해 1년 내내 아이들에게 휘둘린 적도 있었다.

반의 실세를 찾는 공략법을 내가 깨우친 것은 교사 4년 차의 일이었다. 학생들에게 끌려다니는 나를 보다 못해 선배 교사가 이렇게 가르쳐 주었기 때문이다.

「반에서 제일 서열이 높은 애를 찾아서 포섭해. 그럼 그 학기는 편할 거야.」

그때부터 나는 반에서 가장 힘이 센 애를 찾았다. 여자 하나, 남자 하나. 정말 그들을 제압하면 그 반의 기강을 잡는 것도 어렵지 않다. 그들이 나를 배려한답시고 나서서 교실 분위기를 잡기 때문이었다. 온유를 처음 보았을 때도 나는 그 아이의 전투력을 느낄 수 있었다. 학교에서도 제법 입김이 센 부모를 둔, 공부 잘하는 금수저 인싸. 그 애는 이 학교의 최상위 포식자였다. 저 녀석을 어떻게 구워삶아야 1년이 편해질까? 그런 생각으로 나는 늘 그 아이를 치켜세우곤 했다. 다행히도 나는 온유를 내 편으로 만드는 데 성공했다. 그런데 문제가 있었다. 이번 녀석은 존나게 재수가 없었다는 것이다.

온유는 선 넘지 않게 반에서 힘이 없는 다른 아이들을 놀려 댔다. 내가 학교에서 제일 싫어하는 부류. 정색하고 화내면 〈왜 그렇게 심각해요?〉라고 말하면서 이죽거리는 부류. 온유의 타깃이 바로 수지였다. 온유는 수지가 뚱뚱하다는 이유 하나만으로 수지를 조롱했다. 몇 번인가 나는 온유를 불러 단호하게 이야기했다. 다른 친구의 외모로 놀리는 것은 잘못된 행동이라고. 온유는 넉살 좋게 네, 네, 맞아요, 이렇게 내 비위를 적당히 맞춘 후 사라졌다. 그러나 그게 끝이었다.

그래서 그 순간 나는 온유가 〈꿀〉이라고 말한 것에 대해 지적해야 할지 말아야 할지 고민했다. 만약 다른 아이들 앞에서 온유를 혼낸다면 그 결과는 뻔했다. 온유는 그저 기침이나 재채기였다며 변명할 게 분명했다. 그냥 넘어가지 않고 끝까지 지적하며 혼낼 수도 있겠지만 그게 수지에게 좋은 일일지 확신할 수는 없었다. 수지는 그 소리를 듣지 못한 눈치였다. 그러니 아이들 앞에서 온유를 훈육하기보다 따로 불러내 따끔히 말하는 것이 더 나을지도 모른다고 생각했다. 수업 시간에 아이들 앞에서 대놓고 면박을 준다면 한 입김 하기로 유명한 온유의 부모가 어떻게 나올지도 모르는 일이었으니까.

　나는 온유에게 이따 수업 시간 끝나고 잠깐 보자는 말로 일단 상황을 마무리지었다. 자신이 왜 불려 왔는지 다 알면서도 온유는 빼질거리며 교무실로 왔다. 그 빼질대고 번들거리는 얼굴을 보자 화가 끓어올랐지만, 나는 최대한 냉정하고 짧게 훈계했다. 네네, 맞아요. 온유 녀석은 또 이렇게 빙글거렸다. 다른 선생들에게 넉살 좋게 인사하며 교무실을 나가는 온유의 뒷모습을 보며 나는 이대로는 안 된다고 생각했다. 그래서 온유의 엄마에게 전화를 건 것이다.

　「애들끼리 장난하는 건데, 너무 예민하신 거 아닌가요? 그리고 그게 사실이라고 해도, 집에서는 착한 애가 왜 학교에서만 그러겠어요? 선생님이 젊어서 애가 없다 보니 아직 아이들을 잘 모르시는 모양인데…….」

　상담 기간, 온유의 아빠가 학교에 찾아왔을 때도 나는 조심스럽게 이 이야기를 꺼냈다. 온유네 아빠는 그 말을 듣고 껄껄껄 크게 웃었다.

　「녀석이 아주 약아빠졌네요.」

　이게 그렇게 끝낼 일인가? 나는 같은 반 친구들을 대하는 태도에 대해 가정에서도 지도해 달라고 온유 아빠에게 요청했다. 하지만 온유 아빠는 얼굴을 찌푸렸다.

「즐겁게 학교 다니는 애 기죽이지 말고 그냥 귀엽게 봐주시죠.」

그 부모 역시 비슷한 인간들이었다. 괜히 잘못 건드렸다가는 일이 커질 게 분명했다. 그래. 그대로 살면 자기들만 손해지, 뭐. 나는 그렇게 합리화하며 입을 닫았다. 자꾸만 안에서 뭐가 끓어오르는데, 참고 또 참았다. 열정으로 가득한 교사 초년생도 아니고, 나도 이제 당할 만큼 당하지 않았나. 나는 애써 얻은 평화를 깨고 싶지 않았다. 내가 조금만 모른 척하면, 그냥 못 들은 척하면 아무 문제 없이 1년이 평화로워질 거라는 사실을 알고 있었다. 내가 지도를 하지 않은 것도 아니지 않나.

그런데 어느 날 내 입에서 나도 모르게 이런 소리가 나왔다. 온유가 발표를 시작한 순간이었다.

「뿡!」

모두 나를 쳐다봤다. 나는 재채기인 척 위기를 모면했다. 온유는 피식 웃고 다시 말을 시작했다. 하지만 바로 그때, 내 입에서 너무나도 정확하게 이런 소리가 났다.

「뿡!」

나는 온유에게 변명했다.

「아니 일부러 그런 게 아닌데, 참 이상하네.」

하지만 그 이후로도 쭉 그랬다. 온유가 입을 열 때마다 내 입에서도 〈뿡〉이라는 단어가 나왔다.

〈아아, 이러다가 내 인생은 끝이야. 교사 자격 박탈당한다고!〉

나는 노력하고 또 노력했다. 하지만 〈뿡〉이라는 단어로부터 자유로워질 수가 없었다. 처음에는 나를 놀리던 아이들이 나중에는 온유를 놀리게 되었다. 온유의 꼬붕들은 쉬는 시간 온유가 입을 열면 〈뿡〉이라고 말했다.

내가 교장실에 불려 간 것은 당연한 일이었다.

「학생을 괴롭히는 선생님이 있다고 하는데 사실인가요?」

온유의 부모가 교장실에서 따지듯 내게 물었다.

「아이가 말을 할 때마다 선생이 뿡이라고 한다는 게 말이 되나요? 우리 애가 얼마나 주눅 들어 있는 줄 아세요? 우리 애 지금 6학년이에요. 특성화 중학교 입시를 앞두고 있다고요. 얼마나 스트레스를 받았는지 애가 탈모까지 생겼어요. 지금 자퇴한다고 난리예요! 어떻게 책임지실 거예요? 네?」

나는 준비해 온 변명을 했다. 어릴 때 틱이 있었는데 아무래도 그것 때문인 것 같다고. 하지만 온유의 학부모는 반박했다.

「틱이 특정 대상에게만 생기나요? 왜 우리 온유한테만 뿅이냐고요!」

나는 눈알을 굴렸다. 옆에서 지켜보던 온유의 아버지가 나섰다.

「만약 그게 사실이라고 해도 문제예요. 정신병자가 우리 아이를 가르쳐도 되는 겁니까?」

그 순간, 내 입에서 그만 이런 소리가 나왔다.

「뿌직.」

침묵이 흘렀다. 나는 정신을 차리고 온유 부모님의 표정을 보았다. 그들은 기가 차다는 표정이었다. 와, 미치겠다. 나는 속으로 욕을 하곤 머리를 조아렸다.

「죄송합니다. 정말 죄송합니다.」

「지금 장난하는 겁니까?」

온유의 엄마가 외쳤고, 나는 그만한 소리로 또 외치고 말았다.

「뿌지직!」

옆에 서 있던 교장은 얼굴이 빨개지며 부들부들 떨

었다. 온유의 부모는 교장을 노려보았다. 교장은 콧김을 내뿜더니 위엄 있는 목소리로 이렇게 외쳤다.

「학부모님 앞에서 뿌직이라니요! 당장 사과하십시오!」

온유의 아버지는 너무 분노한 나머지 말까지 더듬었다.

「아니, 지, 지금 방귀의 아버지는 똥이라는 겁니까, 뭡니까?」

그 순간, 교장은 내 얼굴에 그만 침을 분사하고 말았다. 웃참에 실패한 것이다. 나는 그런 교장의 모습에 웃음이 터졌고, 교장은 그런 자신의 모습에 터졌고, 그렇게 웃음의 랠리가 이어졌다. 온유의 부모는 웃지 않았는데, 그 엄숙한 분위기야말로 나를 더 참을 수 없게 만들었다. 학부모에게 교장은 거의 울며 사과했다.

「죄, 죄송합니다. 하지만, 하지만 너무 웃기잖아요. 우리도 사람인데…… 으힉!」

나와 교장은 배를 잡고 웃었다. 온유네 쪽 분위기는 그야말로 처참했다. 그들은 교육청에 신고할 거라며 교장실을 나갔다. 하지만 그들이 떠난 후에도 교장과 나는 웃음을 멈출 수가 없었다. 한참 뒤, 교장은 눈물을 찍어 내며 그만 교실로 돌아가라고 했다.

「그게 전부인가요?」

교장의 처분을 기다리던 내가 물었다.

「똥 같은 소릴 하는데 일깨워 주지 않는다면 그게 선생이겠어?」

교장이 헛기침을 하곤 말했다.

「하지만 가능하면 다음부터는 의성어가 아닌 지도를 해주게.」

결과적으로 말하자면 학교를 떠난 건 내가 아닌 온유였다. 이런 일에 시간과 정력을 낭비하다가 중요한 시기를 놓칠 수는 없다는 것이 그쪽의 표면적인 이유였다. 하지만 사실은 내 징계 처리 과정에서 수지가 증인으로 나서면서부터 온유가 학교 폭력으로 생활기록부에 기록이 남을 위기에 처한 것이 진짜 이유였을 것이다.

아무튼 그날 이후 우리는 교실에서 온유를 볼 수 없었다. 아이들 사이에서 나는 〈그 온유〉를 전학시킨 선생이 되어 버렸고, 우리 교실에는 진정한 평화가 찾아왔다.

비로소, 마침내.

13
정년퇴직을 위하여

저출생이 계속되자 가까운 미래, 대한민국에는 대학이 절반 가까이 사라졌다. 철밥통으로 불리던 교수들은 한순간에 실업자가 되었다. 그 피바람은 수도권까지도 불어닥쳤다. 이제 정년이 5년 남은 A 교수라고 해서 예외는 아니었다. 학과장인 그는 고통스러운 날들을 보내고 있었다. 자신의 학생들이 도무지 졸업할 생각이 없기 때문이었다. 이사장은 이대로 졸업생을 계속 배출하지 않는다면 폐과해야 한다고 그에게 말했다. 대학원에 학생이 들어오지 않는 문제는 외국인 장학생으로 어떻게 해결했지만 졸업을 하지 않는다는 것은 이 교육의 성과를 증명해 낼 수 없는 게 아니냐고 했다.

시간 강사로 보따리장수처럼 전국을 돌아다니다

가 50줄에 겨우 얻어 낸 정규직 자리였다. 왕복 차비를 빼면 생활하기에 강사료는 턱없이 부족했고, 논문이니 학회니 바빠서 아이들과 실컷 놀아 줄 시간도 별로 없었다. 그러니까 그의 교수 자리는 양가 부모님과 아내, 아이들의 희생을 쌓아 올린 자리였다. 언제까지 그 말도 안 되는 가능성에 매달릴 거냐고 비난하는 가족들에게 〈그래도 정년퇴직을 하면 연금 나오니까〉라는 말로 지금까지 버텨 오지 않았던가. 연금만 믿고 최근 대출 끼고 산 아파트는 또 어떻게 한단 말인가.

「어떻게든 졸업을 시켜 보겠습니다.」

교수는 학생들을 불러 읍소했다. 하지만 이미 학위 같은 것은 중요하지 않았던 시대이기에 다들 엔잡러가 되겠다며 시큰둥했다.

「제발 졸업해 줘. 졸업만 해주면 시간 강사 자리를 보장해 줄게.」

하지만 학생들은 코웃음을 쳤다.

「그런 돈 안되고 힘든 일을 누가 합니까?」

교수는 좌절했다. 세상이 바뀌어 버렸다. 교수 대접이 말이 아니잖아, 그는 생각했다.

〈학생이 벼슬이야? 벼슬이냐고!〉

정말 그랬다. 모든 대학이 학생을 데려가려 안달이었다. 특히 연구 성과를 내거나 사업을 수행할 빠릿빠릿한 인재라면 말할 것도 없었다. 대학이 돈을 받기는커녕 장학금에 생활비까지 얹어 주는 수준.

「어디까지 알아보고 오셨는데요?」

자신이 아끼던 제자에게 대학원 진학을 권유했을 때, A 교수가 들은 말이었다.

〈이대로는 안 돼. 방법을 찾아야 해.〉

교수는 고민 끝에 학생들에게 졸업을 못하는 이유를 물었다. 그 이유는 대부분 졸업 시험과 논문 때문이었다. 그는 졸업 시험을 간소화했다. 디지털 기기에 익숙해진 학생들은 손 글씨를 쓰는 것조차 낯설어하고 귀찮아했기에 구술시험으로 대체했다. 그마저도 5분 안에 끝내 달라는 학생들의 무리한 요구에도 그는 웃으며 고개를 끄덕였다. 그러자 논문을 쓸 자격을 갖추는 학생들이 절반 이상 늘어났다. 그의 놀라운 지도력에, 하나 남은 그의 동료 교수는 박수를 쳤다.

「이야, 혹시 명절날 학생 집에 가서 전이라도 부쳤습니까?」

하지만 아직 끝이 아니었다. 졸업 논문. 그놈이 문제였다. 졸업 논문의 기준은 학생들에게 터무니없이 높았다. 학생들의 문해력이 놀랍도록 떨어진 미래였기에 〈대학교〉를 〈대학꾜〉로 쓰지 않는 게 감사할 정도. 아무리 학생을 옆에 두고 지도해 보아도 논문에는 진척이 없었다. 그가 논문 목차를 다 짜고 연구 자료까지 다 찾아 주었으나 학생들은 이런저런 핑계를 대며 논문을 쓰지 않았다.

「일단 이번 달 말까지 초고를 가져와 봐요.」

어느 학생이 말했다. 그는 정년퇴직을 반드시 해야 했다. 그래서 어쩔 수 없이 논문을 대필하게 된 것이다.

「제발 이 논문에 이름만 얹어 주면 안 되겠니?」

그러고도 그는 빌었다. 학생들은 논문 심사에 참여할 경우 수고비를 받아야 한다고 말했고 교수들은 사비를 모아 논문 심사를 열었다. 어찌저찌 그는 열 명의 졸업생을 배출했고, 학과의 존폐 위기를 넘길 수 있었다.

「밖에 새 나가지 않도록 조심하셔야 해요. 알겠죠? 어차피 피곤해지는 건, 교수님 쪽이겠지만.」

학생들은 그렇게 말하고 연구실을 떠났다. 한숨 돌리고 있을 그때, 그의 연구실 문을 누군가 두드렸다.

「들어와요.」

그가 말하자 새로 입학한 인도네시아 학생이 꾸벅 인사를 했다. 그는 교수가 자신의 언어를 이해하지 못하는 것을 몹시 불쾌해했다. 교수는 인상을 찌푸린 학생에게 영어로 이렇게 말했다.

「제발 3개월만 시간을 줘. 3개월이면 간단한 소통 정도는 가능할 테니까⋯⋯.」

교수의 정년퇴직은 아직도 요원한 듯하다.

14
크리스마스 특근

12월 25일 새벽 1시. 마지막 택배를 배달하고 나는 지하 2층으로 향했다. 서두를 필요는 없었다. 어차피 아이들은 잠들었을 테고, 남편에게도 기다리지 말라고 말해 두었으니까. 원래대로라면 11시에 집에 들어가는 게 목표였다. 크리스마스 케이크를 사 간다고 아이들에게 큰 소리까지 쳤으니 보나 마나 내일 원망을 들을 터였다. 무리하는 바람에 온몸에 성한 구석이 없었지만, 그런 사정을 아이들이 알 리는 없을 것이다.

나는 터벅터벅 주차해 둔 트럭을 향해 걸었다. 그런데 차 옆에 이상한 것이 보였다. 피로 때문에 헛것을 보는 건가? 나는 눈을 가늘게 뜨고 계속 앞으로 걸었다. 가까워질수록 그 이상한 물체는 선명해졌다.

그것은 분명 루돌프였다. 주차 칸 안에 정확하게 주차되어 있는. 루돌프는 다리를 접고 웅크려 누워 눈을 감고 있었다. 몸에 감긴 쇠사슬 같은 것은 썰매에 연결되어 있었는데 그림책에서 보았던 바로 그런 썰매였다. 가까이 보니 썰매의 붉은 페인트칠이 군데군데 벗겨져 있어 세월의 흔적이 느껴졌다. 이 아파트 크리스마스 이벤트인가? 나는 쪼그려 앉아 루돌프의 얼굴을 관찰했다. 그때 루돌프의 입술이 움직였다.

「갈 길 가쇼.」

나는 깜짝 놀라 뒷걸음질 치며 외쳤다.

「죄, 죄송합니다!」

그러자 루돌프는 여전히 눈을 뜨지 않은 채 허스키한 목소리로 말했다.

「죄송한 줄 알면 좀 가시라고.」

나는 얼른 꺼지기로 했다. 루돌프는 심기가 몹시 불편해 보였고, 조금만 더 깝죽거렸다가는 그 뿔에 받히는 건 일도 아닐 것 같았다. 나는 차에 올라탔다. 루돌프는 몸을 뒤척여 반대쪽으로 고개를 돌려 누웠다. 자세가 좀 불편한 모양이었다. 바닥이 차갑고 딱딱할 텐데……

「이것 좀 깔고 계세요.」

나는 차에서 뿍뿍이를 꺼내 들고 루돌프에게 갔다. 루돌프는 나를 힐끗 보더니 몸을 일으켰는데 생각한 것보다 훨씬 우락부락하고 거대해 나도 모르게 저자세가 됐다. 뿍뿍이 뭉치를 카펫처럼 바닥에 깔자 루돌프는 털썩 거기 앉았다.

「고맙수다.」

루돌프의 말투가 달라진 것이 느껴졌다. 그래서 나는 용기를 내 이렇게 물었다.

「죄송한데 사진 한 장만 찍어도 될까요? 저희 애들이 팬이라서….」

하지만 루돌프는 코웃음을 쳤다.

「산타도 아니고 루돌프 팬이 어딨답니까?」

「루돌프 팬이 왜 없어요. 놀림을 받던 코로 세상을 비추잖아요.」

나는 이상하게도 변명을 하고 말았다. 루돌프가 내 쪽으로 얼굴을 들이대며 말했다.

「내 코 당겨 봐요.」

「네?」

「코 잡아당겨 보라고.」

나는 루돌프의 코를 잡아당겼다. 빛나던 그의 코가 뽁, 하고 떨어져 나왔다.

「아…….」

나는 코였던 그것을 물끄러미 내려다봤다. 안에 건전지가 들어 있었다. 나는 다시 루돌프의 코에 그것을 끼웠다. 잘 안 끼워져서 몇 번 돌렸는데 루돌프가 불편한지 인상을 찌푸려서 좀 미안해졌다.

「고생이 많으시네요.」

멋쩍어진 나는 이렇게 말했다. 그러자 루돌프는 내차를 힐끗 보더니 말했다.

「이 업계가 다 그렇지, 뭐.」

루돌프는 잠시 나를 쳐다보더니 웅차, 하며 몸을 일으키려 했다.

「찍어요. 돈 드는 것도 아닌데 이 정돈 해줄 수 있지. 포즈 한번 취해 줘?」

「아유, 됐습니다. 피곤하실 텐데 괜한 부탁을 했네요.」

내가 손사래를 치자 루돌프는 다시 자리를 잡고 앉았다.

「그나저나 그쪽은 어쩌다 이렇게 궂은일을 시작했어?」

루돌프가 내 쪽을 보며 말했다.

「당연히 돈 때문이죠. 남편이…….」

「코인 했어?」

「네, 주식도 조금.」

「이런.」

우리는 한동안 말이 없었다. 루돌프가 한숨을 내쉬
더니 말했다.

「사실은 나도 남편이 시원치가 않아.」

루돌프가 말했다.

「아, 남편이 있으셨어요?」

「당연하지. 애들도 있어. 그러니까 이러고 있지. 기
후 위기 시대에 순록이 살아남는 게 쉬운 일이 아니라
니까.」

「뿔이 있으니까 수컷인 줄 알았는데.」

「그건 사슴이나 그렇지. 순록 수컷들은 12월에는
뿔갈이를 해서 이 일 못해요. 이미지 메이킹에 진심
이잖아, 산타는. 민둥머리 순록을 데리고 다니겠어?」

사슴이 아니었구나. 나는 놀란 티를 내지 않으려
노력하며 이렇게 물었다.

「빨리 퇴근해서 애들 보고 싶으시겠네요.」

「그렇지. 그런데 그게 쉽나. 올해는 착한 애들이 별
로 없어서 일찍 퇴근할 줄 알았는데, 급하게 달려오
다가 중간에 선물 몇 개를 흘렸어. 그래서 그거 주우

러 다시 가고 하다 보면 작년이랑 똑같이 끝날 것 같네요. 있잖아, 산타가…….」

그녀는 그렇게 말하고 잠시 주위를 두리번거리더니 작은 소리로 말했다.

「성격이 좆같아.」

「네에?」

나는 깜짝 놀랐다. 루돌프, 아니 순록은 속삭이듯 말했다.

「배송 사고 한번 내면 지랄, 지랄을 한다니까. 아이들의 꿈을 짓밟았다면서. 엄밀히 말하면 그게 내 잘못이야? 어떻게 하룻밤 만에 그걸 다 도냐고.」

순록은 한숨을 내쉬고 말했다.

「예전에 여섯 마리가 썰매 끌 때는 그래도 그게 가능했어. 그런데 경기가 안 좋아지니까 산타가 순록들부터 줄이더라고요. 하나둘 줄이더니 봐, 이제는 나 혼자 끌잖아. 얼마나 무거운지 알아?」

순록은 썰매에 한가득 실린 선물을 힐끗 돌아봤다.

「그렇게 안 봤는데 아주 악덕 산타네요!」

나도 모르게 큰 소리가 나왔다. 고요한 지하 주차장에 내 목소리가 쩌렁쩌렁 울렸다. 순록이 낄낄거렸다. 나는 다시 목소리를 낮추고 순록에게 물었다.

「아니, 뭐라고 한마디 해야 하는 거 아니에요?」

「해봤자 사람 좋게 웃으면서 미안하다고나 하겠지. 미안하긴 개뿔. 진짜 미안했으면 살이나 뺄 것이지. 그러고는 세상에 좋은 일 하는 거라고 얼마나 이빨을 터는지 몰라. 저한테나 자선 사업이지 난 아니거든. 산타는 먹여 살릴 가족이 없으니 태평한 소리만 한단 말이야. 세상 물정을 몰라요.」

한참 욕을 늘어놓던 순록은 긴 숨을 내쉬더니 이렇게 말했다.

「그래도 내 새끼들 생각하면 해야지 어쩌겠어. 내년엔 이 짓거리 안 한다, 그렇게 다짐하고 다짐해도 특근 수당이 좀 짭짤해야지 말이야. 안 그렇수?」

그때였다. 어디선가 많이 듣던 웃음소리가 들렸다. 「허허허허!」

「에고, 나 이제 다음 집 가야겠다.」

순록은 일어나 몸을 푸르르 떨었다. 썰매에 연결된 체인에서 묵직하게 쩔렁거리는 소리가 났다.

「아 참, 거기 뒤편 발판에 뭐 하나 떨어져 있는데 좀 주워 줘요.」

순록이 말했다. 보니 초록 포장지와 빨간 리본으로 예쁘게 포장된 선물이 하나 있었다. 선물을 주워 내

밀자 순록이 빛나는 코로 선물을 툭 쳤다.

「그거 줄게.」

「네? 가져도 돼요?」

「응, 선물. 안에 뭐가 들었는지는 잘 몰라. 분실물이거든.」

내가 망설이자 순록은 코를 반짝이며 이렇게 말했다.

「착한 어른들도 선물을 받는 날이 하루쯤은 있어야지. 안 그래?」

차에 시동을 막 걸었을 때, 나는 붉은 옷을 입은 산타가 뒤뚱거리며 썰매에 올라타는 것을 보았다. 〈이랴!〉 산타가 줄을 잡아당기며 외치자 순록은 주차장 출구를 향해 달려갔다. 나는 운전대에 기댄 채 멀어져 가는 순록의 뒷모습을 오랫동안 가만히 지켜보았다. 그러다 나는 문득 내게도 선물이 있다는 사실을 깨달았다. 곱게 포장된, 나만의 선물.

「메리 크리스마스.」

나는 붉은 리본 끝을 잡아당겼다.

2부

15
어느 손님

손님들이 찾아오는 이유는 매번 다양합니다. 계절이 바뀌어서. 비가 오니 막걸리가 생각나서. 쓸쓸해서. 어느 집 아들이 외국어 고등학교에 들어가서. 마누라가 바가지를 긁어서. 누가 진급을 해서. 그럴 때마다 어느 손님이 그 집에 가자고 호기롭게 외친답니다. 누가 외치든 그게 무슨 상관이겠어요. 많이들 찾아 주시니 감사해야지요. 그럼요.

「어서 오세요.」

손님들은 인사를 건넵니다. 못 본 사이 더 젊어진 것 같다는 손님, 언제 와도 좋은 향기가 난다는 손님, 너무 늦은 시간에 와서 미안하다는 손님. 나는 대답 대신 방긋 웃어 보입니다. 손님들도 딱히 대답을 기대한 것 같지는 않아요.

손님들은 차려진 음식 앞에 앉아 술잔을 치켜듭니다. 나는 분주히 움직이며 바쁜 척을 합니다. 멀뚱히 서 있다가는 옆에 앉아 재미없는 농담을 듣고 있어야 할 테니까요. 그게 아니라면 따르고 싶지 않은 술을 따르거나 마시고 싶지 않은 술을 마셔야 합니다.

「다음에 또 오세요.」

손님을 보낸 후 나는 식탁 위에 엉망으로 남은 리코타 치즈 샐러드를 물끄러미 봅니다. 치즈와 소스가 엉망으로 뒤섞여 죽 같은 것이 되어 있지요. 나는 한숨을 내쉽니다. 식탁에 머리를 박고 앉아 있는 손님이 하나 남아 있어서요. 이 손님은 늘 공짜로 먹고 마시면서 음식이 맛있었다는 말 한번 한 적이 없어요. 술버릇은 얼마나 고약한지 씻지도 않고 나의 침실에 들어가고 거기 뻗어 시끄럽게 코를 골아 댑니다. 이따금 옆에 누우라고 잡아끌기도 하는데, 그럴 때면 소름이 돋아 나도 모르게 손을 뿌리치곤 합니다. 가장 화가 나는 점은 이 손님이 도무지 집에 가지 않는다는 점입니다. 이렇게 예의 없는 손님은 본 적이 없습니다. 나는 잠이 든 손님을 발로 걷어찹니다. 손님은 난데없는 대접에 버럭 화를 냅니다.

「여보, 지금 이게 무슨 짓이야!」

나는 친절하게 현관문을 손으로 가리키며 이렇게
말합니다.

「손님. 이제 그만 내 집에서 나가 주십시오.」

16
전염병

추석에 못 가서 죄송해요, 아빠. 결혼하고 첫 명절이라 무척 기대했는데. 사실대로 말하자면 해외여행을 다녀왔다는 말은 거짓말이에요. 그냥 집에 있었답니다. 그가 병에 걸렸거든요. 발목이 시큰해서 한쪽 다리를 잘 쓰지 못하겠다지 뭐예요. 의사는 정확한 병의 이름은 모르겠지만 당분간 푹 쉬면 좋아질 거라고 했어요. 그이가 사실대로 말하지 말라고 했지만, 아시잖아요. 서른이나 먹고도 아직은 거짓말이 익숙하지 않네요. 해외여행 간다고 둘러대자던 건 그이의 아이디어였어요. 다리를 절뚝이는 모습을 보이는 효자보다는 명절에 해외에 갈 만큼 여유 있는 모습을 보이는 불효자인 편이 더 낫다고 생각했던 거겠죠.

그이는 밖에서는 점잖게 목발을 짚고 걸어 다니다

가 집에 오면 목발을 집어 던졌어요. 겨드랑이가 너무 아프대요. 그러고는 강시처럼 한 발로 뛰어다녔지요. 당연히 집안일은 부쩍 내 몫이 되었답니다. 그는 미안해하며 한 발로 서서 설거지를 하려 들었지만 제가 그걸 놔둘 사람이던가요? 폭신한 소파에 앉혀 클래식 음악을 틀어 주고 나 혼자 크고 작은 일들을 해냈어요. 그에게 물을 가져다주고 갈아입을 옷을 주었지요. 그건 그리 어려운 일이 아니었어요.

하지만 그렇게 며칠이 더 지나자 그는 이제 앉아서 하는 일도 제대로 못 하더군요. 다리가 아니라 열 손가락 전부가 부러진 사람처럼 말이에요. 그는 대부분의 시간을 소파 위에 늘어진 채 내게 이것저것 요구했어요. 식빵에 잼을 발라 달라거나 저녁에 해산물 요리를 먹고 싶다는 식이었지요. 부탁의 말이 점점 짧아져 나중에는 명령 비슷한 것이 되어 버렸지만, 저는 이해할 수 있었어요. 얼마나 슬프겠어요? 젊은 남자가 다리를 다쳤으니. 그것도 원인도 알 수 없는 병에 걸려 언제까지 발목에 통증을 느끼며 살아야 할지 모르니 말이에요. 그래서 저는 그의 다리에 대해서는 한마디도 할 수가 없었어요. 재활 운동을 해보라는 말은커녕 술이 회복에 좋지 않을 거란 말도 못 했지요.

그는 매일 괴로워했어요. 남들처럼 빠르게 걷지 못하는 것에 대해, 그 누구도 멈춰서 자신을 기다려 주지 않는 것에 대해서 말이에요. 그는 심지어 아픈 자신을 충분히 돌봐 주지 않고 〈퉁명스러운〉 얼굴을 하여 자신의 마음까지 병들게 하는 나를 원망하기도 했어요. 이런 식으로 못된 말도 했답니다.

「당신은 나를 무시하는 거야. 다리 병신인 나와 결혼한 걸 후회하는 거지. 하지만 어쩔 수 없어. 이혼해 보라고. 누가 더 힘들어지는지.」

처음에는 매일 울었어요. 벗어나고 싶더군요. 하지만 아빠도 아시잖아요. 처음부터 그가 그런 사람은 아니었다는 거.

죄송하지만 아빠, 추석에도 시댁에 잠시 다녀오긴 했어요. 그가 장손이라 제사에 빠질 수가 없다고 해서요. 그날 아침 그이는 목발을 두고 절뚝거리며 집을 나섰어요. 가족들에게 걱정을 끼치고 싶지 않다고 했지만 사실은 다른 사촌들에게 우습게 보이고 싶지 않았던 거겠지요. 그는 큰집에 가자마자 어른들께 인사를 올리곤 자연스럽게 소파에 자리를 잡고 앉았어요. 그의 연기는 정말이지 완벽했기 때문에 모두가 깜빡 속아 넘어갔지요. 일을 하던 어머님이 젖은 손을 털며 달려 나와 아들의 머리를 쓰다듬었어요.

「애야, 못 본 새 어쩜 이렇게도 말랐단 말이니. 밥을 제대로 먹고 다니기는 하는 거니? 끼니마다 국이 없으면 안 되는 네가 잘 챙겨 먹고 다니는지 걱정이구나.」

그때 누군가 내게 대추를 쌓으라고 했는데, 그게 누구였는지는 지금도 잘 모르겠어요. 아무튼 저는 제기 위에 대추를 쌓아 올리는 일에 집중하느라 그에게 더이상 신경을 쓰지 못했어요. 알이 굵은 대추는 자꾸만 흔들리며 무너져 내릴 것 같았고 나는 그 꼭대기에 올라앉은 마지막 한 알 같았지요. 옆에는 눈이 퀭한 굴비가 뾰족한 이를 내놓고 있었고 구릿한 가오리 위에 다리가 까뒤집힌 문어가 의기양양하게 앉아 있었어요. 부엌에 쪼그려 앉은 여자들은 배나 사과의 윗부분을 평평하게 깎고 꼭지를 보이지 않게 칼로 도려내느라 눈을 부릅떴고요. 조상이 타고 가신다고 누군가 빈 엘리베이터를 1층으로 보내더군요. 제사를 지낼 때 잠시 뒤돌아서 있었는데 그때가 제일 편안한 순간이었지요. 꼭 내가 조상님이라도 된 느낌이었다니까요. 처음 보는 그의 친척들이 부를 때마다 저는 부엌에서 배를 깎고 커피를 타고 송편을 접시에 담았어요. 집에 갈 무렵, 그가 보이지 않아 걱정했는데 참 다행이지 뭐예요. 얼마나 지쳤는가 방에서 잠을 자고 있더라고요.

그날은 피곤해서인지 잠이 잘 오지 않았어요. 선잠이 겨우 들었지만 새벽에 기척이 들려 잠에서 깰 수밖에 없었어요. 그런데 잠자리에서 일어나 물을 마시러 가는 그가 두 발로 멀쩡히 걸어 나가는 거예요. 저벅저벅 발소리를 듣고 저는 너무 놀랐어요. 기적이 일어나 드디어 그의 다리가 다 낫게 된 것이 분명했지요! 그렇지 않다면 어떻게 그 현상을 설명할 수 있었겠어요. 저는 침대로 돌아온 그를 끌어안았어요. 그이는 흠칫 놀라더니 쓰읍 하는 소리를 냈어요. 자자, 그 말을 하고는 그는 곧 코를 골았어요. 다음 날부터는 다시 다리를 절뚝이기 시작했어요. 간밤에 제가 꿈을 꾼 게 분명하다는 거예요. 그렇겠죠. 그렇게 쉽게 사람이 나을 수는 없는 거니까요.

저는 매일 밤 그를 위해 기도했어요. 그날 제가 꾼 꿈이 현실이 되기를 간절히 바라고 또 바랐지요. 그러다 어느 날 저는 깨닫고 만 거예요. 〈아! 나의 아빠

도 이 병에 걸렸었구나!〉 하고 말이에요. 아빠, 정말
이지 몰랐어요. 죄송해요. 그래서였군요, 아빠. 남들
에게 그 병에 대해 숨기려고 그동안 그렇게 가만히 앉
아만 계셨던 거잖아요. 평생을요. 왜 제게 말해 주지
않으셨어요? 그런 심각한 장애가 있었다고 말이에
요. 아아, 그도 아빠처럼 오래 아플까요? 도대체 우리
는 언제까지 이 몹쓸 병에 시달려야 하는 건가요? 네?
제발 말해 봐요, 아빠…….

17
음모

62세 남순례 씨는 카페에 앉아 휴대 전화로 누군 가와 수다를 떨고 있었다. 그녀의 목소리가 카페 안 에 쩌렁쩌렁 울려 퍼졌다.

「청소는 청소기가 다 해, 빨래는 세탁기가 다 해. 밥 은 밀 키트 사 먹이고, 어린이집에 학원 뺑뺑이 돌리 고. 요즘은 애를 거저 키우는 것 같다니까.」

옆 테이블에서 아이와 함께 빙수를 먹던 아이 엄마 표정이 굳어졌다. 그 모습을 바라보던 20대 여성은 얼굴을 찌푸리며 이어폰을 꼈다. 책을 보던 30대 남 성은 아이가 테이블 위에 흘린 빙수를 쳐다봤다.

「어머나, 벌써 시간이 이렇게 됐네. 끊어!」

시계를 힐끗 본 남순례 여사는 전화를 끊더니 어디 론가 바쁘게 뛰어갔다.

같은 시간, 택시 운전사인 43세 박문학 씨는 하차 중인 손님에게 마지막으로 이렇게 강조했다.

　「알았지? 애를 낳는 순간 남자의 인생은 없다고 봐야 해. 그냥 돈 벌어 오는 기계라고, 기계! 애 하나만 없어도 10억을 버는 거라니까!」

　신혼이라던 그의 손님은 〈아, 네〉 하고 대답하고는 문을 닫았다. 박문학 씨는 친절한 미소를 거두고 빠르게 액셀을 밟았다.

　「어이쿠, 늦겠네.」

　비틀거리며 골목을 걷던 52세 김봉남 씨는 자동차 뒤에서 담배를 피우던 여자와 눈이 마주쳤다. 그리고 꼬부라진 혀로 이렇게 말했다.

　「쯧쯧, 태어날 애를 생각해야지.」

　「시발, 별 거지 같은 게.」

　여자는 욕을 하더니 손으로 담뱃재를 털어 순식간에 불씨를 꺼뜨리고 골목을 빠져나갔다. 김봉남 씨는 전봇대에 머리를 박고 낄낄거리다가 멀어져 가는 여자의 뒷모습을 물끄러미 바라보았다. 그리고 휴대 전화를 꺼내 시간을 확인했다.

　「젠장!」

김봉남 씨는 빠르게 달려 골목을 빠져나갔다.

그들이 바쁘게 달려간 곳은 그로부터 그리 멀지 않은 한 사무실이었다. 문 앞에 〈최고 기획〉이라는 간판이 붙어 있어 평범한 기획사처럼 보이지만, 사실 그곳은 동파시 4-3지부 출생률 감소 센터 사무실이었다. 거기 모인 이들 역시 마찬가지로 평범한 시민은 아니었다. 특수한 임무를 맡은 외계 요원들이었다. 그들의 임무는 단 하나였다. 이 구역 합계 출생률을 떨어뜨리는 것.

지구 토착 외계 종족인 그랩틸인은 타고난 것이라고는 변신 능력과 남들을 조금 더 쉽게 설득할 수 있는 마인드 컨트롤 능력뿐이었다. 따라서 지구를 정복하기 위해 그들이 선택한 최고의 전략은 지구인들이 멸망해 지구가 텅텅 빌 날을 기다리는 것이었다. 그들은 그것을 조금 더 앞당기는 일에 최선을 다했다. 알코올 의존도를 높여 정자 활동성을 낮추거나 불임을 야기하는 환경 호르몬 제품을 만들어 내는 생물학 부서도 있었고, 젠더 갈등을 부추기는 갈등 전담 부서도 있었다. 정치인들과 결탁해 관련 정책을 펼치며 교묘하게 활동하는 정치 전략 부서도 있기는 했다.

어느 해인가 가임 여성 관련 조사 결과가 유출되어 한 바탕 난리가 난 적은 있었지만……. 아무튼 출생률 감소 센터 경기 4지부 요원들은 온갖 짜증 나는 말로 각 지부 인간들의 출산 의욕을 감소, 출생률을 떨어뜨리는 지역 선전을 맡은 현장 요원들이었다.

「다들 눈이 있으면 이 기사를 보세요!」

코드 네임 김봉남52가 조심스럽게 사무실 문을 열었을 때, 지부장의 목소리가 사무실 전체에 쩌렁쩌렁하게 울려 퍼졌다. 봉남은 고개를 숙이고 재빨리 자신의 자리에 들어가 앉았다. 다른 요원들도 모두 봉남처럼 이미 고개를 숙이고 있었다. 프레젠테이션 화면에 다음과 같은 기사 제목이 떠 있었기 때문이다.

〈경기 동파시 출생률 증가!〉

지부장의 코드 네임은 박수진31이었다. 지부장은 화면을 가리키며 외쳤다.

「우리 구역의 합계 출생률이 떨어지기는커녕 올랐습니다. 올랐다고요! 어떻게 이런 시국에 출생률이 오르기까지 한답니까?」

「그건 출생 장려 정책 때문에…….」

박문학43은 중얼거리듯 말했다. 하지만 지부장은

테이블을 탕 치고 외쳤다.

「우리도 정책이 있지 않습니까? 언제까지 핑계만 댈 겁니까!」

이번에는 남순례62가 나섰다.

「지부장님, 아무리 그래도 그렇지 출생 지원금과 양육 특별 수당을 어떻게 이깁니까? 우리는 활동 보조금도 쥐꼬리만큼인데.」

박문학43이 맞장구쳤다.

「맞아요. 새로운 시장이 문젭니다. 〈아이 웃음소리가 들리는 도시〉라니. 너무 끔찍하지 않아요? 네이바 사이트 뉴스 댓글 창을 보십시오. 지금 다른 도시의 신혼부부들까지 동파시로 이사해야겠다고 난리가 났습니다.」

「뭐? 신혼부부들이 이사?」

지부장은 그 말을 듣고 너무 놀란 나머지 순간적으로 변신이 풀려 악어와 같은 딱딱한 녹색의 표피를 드러내고 말았다. 지부장은 씨근거리다가 김봉남52에게 눈을 돌렸다.

「김봉남52 요원은 도대체 왜 또 늦은 겁니까?」

「타깃이 골목에 나타나지 않아 대기하다가 늦었습니다.」

「설마 이번 달에도 술 취한 연기로 실적 채우고 있습니까?」

사무실의 그 누구도 말이 없었다.

「내가 그딴 짓 그만하라고 했죠. 요즘은 안 먹힌다고요. 연기의 진정성을 핑계 삼아서 활동비로 주류 구입하려는 수작 모를 줄 알아요?」

「오늘은 안 마셨습니다! 정말 공작하다가 늦은 거라고요!」

「타깃을 기다리지 말고 타깃을 찾아 나서라고 몇 번을 말합니까, 네? 지난달 활동 보고서 보니까 실적이 말이 아니던데!」

「양보다는 질이 더 중요하다고 생각합니다. 저는 한 명, 한 명에게 트라우마를 심어 주었습니다.」

「트라우마는 본인이 얻은 것 같은데요.」

그 말에 남순례62와 박문학53이 그만 참지 못하고 픽 웃음을 터트렸다. 지난달, 김봉남52가 술 취한 여자에게 공작했다가 하이힐로 얻어맞아 머리가 깨지는 참사가 일어난 것을 떠올린 탓이었다.

「됐어요. 주간 보고나 시작하죠.」

자신의 재치에 만족한 지부장이 의자에 푹 파묻히듯 앉아 눈을 감고 말했다.

「제가 먼저 하겠습니다.」

남순례62가 손을 들었다.

「저는 한 주간 인구 밀집도가 높은 시장이나 카페, 음식점 등 개방된 공간을 활용해 불특정 다수에게 육아에 대한 사회적 편견을 확장해 보여 주는 것에 초점을 맞췄습니다. 특히 양육자의 자존감을 깎는 이야기들로 여성의 출산 의욕을 감소시키려 했습니다. 시끄럽게 떠들어 댔으니 그곳에 있는 사람들에게 스트레스성 불임을 유발할 가능성 또한 있었다고 봅니다.」

남순례62가 발언을 마치자 다른 요원들이 힘없이 손뼉을 쳤다. 남순례62는 특유의 재수없는 말투로 이 구역 출생률을 낮추는 데 지대한 공헌을 하고 있다는 점에서 그 누구도 반박할 여지가 없었다.

「저…….」

박문학43이 지부장 눈치를 보며 손을 들었다.

「덧붙이자면, 옛날 엄마들과 요즘 엄마들을 이간질하는 것도 생산성 측면에서 좋은 전략인 것 같습니다.」

지부장이 자세를 고쳐 앉더니 대답했다.

「좋습니다. 그런데 생산성이라는 단어는 좀 부정적인 느낌이 드는데요.」

「아, 정정하겠습니다. 생산……은 하면 안 되죠.」

「이어서 박문학43 요원 주간 보고 부탁드립니다.」

노트에 〈생산 X〉라고 쓰고 있던 박문학43은 지부장의 말에 허리를 꼿꼿이 세웠다.

「저는 지난 한 주간 기사 식당에서 다른 기사들과 자식을 낳는다는 것이 얼마나 무의미한 일인지 토로하는 데 많은 시간을 할애했습니다. 그들이 운행하는 택시에 타는 사람들에게도 영향력을 미칠 것이라고 판단했기 때문입니다. 물론 제 택시에 타는 승객에게도 최선을 다했습니다. 조부모에게는 손자를 돌봐 주는 보조 양육자의 역할을 자처하지 않아야 한다고 권하고, 기혼자들에게는 출산 이후 벌어지는 육체적, 정신적, 경제적 손해를 들먹이며 겁을 주는 등 맞춤형 공작을 이어 갔습니다.」

남순례62와 김봉남52가 손뼉을 쳤다. 지부장도 고개를 끄덕였다.

「좋아요. 계속 그렇게 하세요. 중요한 건 그들이 사회로 뻗어 나가 그 사상을 전파하도록 해야 한다는 겁니다. 각자의 가정이나 근무처 등 다양한 커뮤니티에서 피라미드형으로 말이에요. 도대체 언제까지 한 명, 한 명 붙들고 늘어질 겁니까? 자, 다음은 김봉남

52 요원.」

김봉남52는 침을 꿀꺽 삼키고 대답했다.

「저는 주로 가임기 여성 앞에서 불쾌한 행동을 하는 것에 초점을 맞췄습니다. 아이가 있는 여성에게는 〈둘째를 빨리 낳아야 한다〉라고 강요했고, 아이를 낳지 않는 것은 이기적이라고 말하며 반발심을 일으키는 데 초점을 맞췄습니다. 또 담배를 피우는…….」

「거기까지만 듣겠습니다.」

지부장의 차가운 목소리에 사무실이 조용해졌다.

「김봉남52 요원, 언제까지 그런 낡은 수법에 의존할 겁니까? 출생률을 낮추라고 했더니 왜 권유를 하느냐고요.」

「아, 그건 얼핏 보면 출산을 권유하는 것처럼 보이지만 사실 여성을 하나의 인격으로 존중하지 않은…….」

「알아요. 몰라서 묻는 게 아닙니다. 지난 경기 지부 세미나 공개 자료는 제대로 읽은 겁니까? 〈설거지론〉이나 〈딥 페이크 성범죄〉 같은 최신 담론을 좀 활용해 보세요. 요즘 같은 시대에 그렇게 비호감으로 굴면 특정 개인의 문제로 축소되고 맙니다. 무슨 말인지 아시겠어요? 개저씨는 이제 한물갔다고요!」

김봉남52의 주먹 쥔 손이 떨렸다. 지부장은 자리

를 박차고 일어났다.

「다음 달에는 제발 좀 출생률 낮춥시다!」

지부장이 나가고 한참이나 지난 후, 박문학43은 마른세수를 하며 입을 열었다.

「후, 숨 막혀 죽을 뻔했어요. 이러다 인간들보다 우리가 더 먼저 멸종하는 거 아닌가 싶네요.」

남순례62가 손을 털며 말했다.

「냅둬. 뭐든 처음 하면 다 의욕에 불타는 거지. 됐고, 우린 야식으로 지렁이나 먹으러 가자고.」

김봉남52가 풀 죽은 채 대꾸했다.

「난 야근 좀…….」

「어휴, 뭘 그렇게 열심히 해. 대충 살아. 어차피 우리 지부…….」

박문학 43이 남순례62를 막아서며 말했다.

「네. 그러면 먼저 가 있을 테니 얼른 마치고 따라오세요.」

혼자 남겨진 김봉남52는 숨겨 둔 소주를 꺼내 벌컥벌컥 들이켰다. 예전에는 위스키나 보드카를 마셨다. 실적왕 소리를 듣던 왕년의 일이다. 언제인가부터 그는 즐기기 위해서가 아니라 취하기 위해 술을 마시게 되었다. 반병쯤 비운 후에야 그는 정신이 온전히 돌아오는 것 같았다. 김봉남52는 컴퓨터 앞에 앉아 손가락을 풀고는 서툰 손동작으로 동파시 지역 카페에 접속했다. 그리고 독수리 타법으로 정성스럽게 댓글을 달았다.

　　—힘든 일은 하나두 하기 싫고 혜택은 다~~ 누리고 싶어하는 이기적인 년덜, 캬악~퉤!

　　—애 보는 게 뭐가 힘드냐. 군대나 가라. 가서 진흙탕에 굴러봐야 정신을 차리지 ㅉㅉ.

　　—결혼을 안 하믄 히스테리를 부리는 것이…… 자연의 법칙^^ 새로온 여자 상사를 보며 느끼는 바입니다ㅎ. 새파랗게 어린 것이…… 말에 싸가지가 너무 없고…… 그러고 보면 옛날이…… 참 좋았지요.

　　키보드를 치던 김봉남52의 손등에 툭, 그랩틸인의 붉은 눈물이 떨어졌다. 그는 빈 사무실에서 소리 죽여 울었다. 그사이 그가 쓴 댓글에 〈좋아요〉가 다섯 개나 눌린 것은 모르고.

18

대한민국은 망섭이 되었습니다

어느 날 대한민국에 서버 종료 공지가 떴다. 청명한 하늘에 고딕체로 이런 글씨가 뜬 것이다.

[공지] 대한민국 서버 서비스 종료 및 환불 안내

6개월 뒤인 12월 31일, 대한민국 서버 서비스를 전체 종료합니다. 대한민국 서버는 오랜 시간 신규 유저 유입률이 저조하여 서버 유지 비용을 감당하기 어렵게 된 지가 오래되었습니다.

또한 핵을 쓰는 유저로 인해 밸런스 붕괴가 심각하고, 버그를 악용하는 경우도 많아 타 서버 게임 생태계에까지 악영향을 미치고 있습니다. 서울 등 특정 지역에만 유저들이 몰려 렉이 걸리는 문제도 잦았습니다.

애정을 갖고 운영해 온 대한민국 서버이지만 모두의 미래와 새로운 방향성을 위해 서비스 종료를 결정하게 되었습니다.

서비스 종료 절차에 따라 아래와 같은 조치가 시행될 예정입니다.

1. 서버 이전

대한민국 서버는 중국/베트남/일본 등 아시아 서버와 통합됩니다. 따라서 모든 유저에게는 타 지역으로 텔레포트할 수 있는 서버 이전권이 지급됩니다. 지급되는 서버 이전권은 서버 부담 가중을 고려하여 랜덤 지역으로 자동 설정되는 점 양해 부탁드립니다. 안정적인 서버 이전을 위하여 현시점을 기준으로 대한민국 국민은 국외 출입 및 거래가 모두 금지됩니다.

* 주민 등록상 가족 단위는 동 지역으로 함께 텔레포트됩니다. 기타 필요한 상황은 고객 지원 센터를 통해 따로 신청해 주시기 바랍니다.

* 소정의 초기 정착금은 새 서버에서 계좌 개설 시 자동 지급됩니다. (올해 미정산한 세금 제외.)

2. 환불 절차

(1) 현금

〈원〉 화폐 단위가 사라짐에 따라 가지고 계신 현금은 서버 종료일과 환불 규정에 따라 달러로 지급됩니다. 증권, 어음 등은 현금화해 두시고 은닉 자산이 있다면 기간 내 신고해 주시기 바랍니다. (은닉 자산은 특수 환율을 적용하는 점 미리 안내드립니다.)

(2) 현물

부동산이나 자동차, 옷, 가구 등 소지한 현물들은 NPC를 통해 판매가 가능합니다. 단, 규정에 따라 감가상각 기준율을 적용하게 되니 추가 공지를 확인해 주십시오. 기한 내 정산하지 않을 경우 수수료가 가중됩니다.

* 기타 자세한 환불 신청 방법은 우측 상단에 있는 〈고객 지원〉 서비스를 이용해 주시길 바랍니다. 지금까지 대한민국 서버를 사랑해 주셔서 감사합니다.

사람들은 웃었다. 장난이라고 생각했기 때문이다. 하지만 사람이 살지 않는 지역이 구멍이 뻥 뚫린 듯 사라져 버린 것을 직접 눈으로 본 후로는 믿기 싫어도 믿을 수밖에 없게 되었다. 평생 살아온 나라가 6개월 뒤 사라진다니? 랜덤 지역으로 텔레포트라니? 현실을 부정하는 사람, 올 것이 왔다는 사람, 운영진의 정체를 알고 싶어 하는 사람들로 대한민국은 아비규환에 빠졌다.

그들의 혼돈과는 무관하게 거리의 걸인들과 부랑자들은 갑자기 행색을 바꿨다. 그들은 운영진이 말한 NPC로, 모두가 같은 말을 했다.

「서버 이전을 위해, 국민 여러분은 기한 내 현물을 판매해 주시기 바랍니다.」

「뭐라는 거야. 미친 거 아냐?」

분노에 찬 NPC를 발로 차거나 목을 조르는 사람들도 있었지만 그들은 어떤 물리적인 손상도 입지 않은 채 그 자리를 지키고 서서 같은 말만을 반복했다.

「서버 이전을 위해, 국민 여러분은 기한 내 현물을 판매해 주시기 바랍니다.」

NPC들은 어처구니없는 조건으로 국민의 재산을 매입했다. 말도 안 되는 수수료와 비율이었지만 모두 울며 겨자 먹기로 내놓을 수밖에 없었다.

현금의 경우에도 다를 것은 없었다. 주식이 떡락하

고 부동산이 침체되고 달러가 무서운 줄 모르며 치솟는 시점에서 모든 자산을 현금화한다는 것은 자살 행위에 가까웠다.

특히 검은 돈의 세율은 자그마치 90퍼센트에 달했기에 속이 타들어 가는 사람이 한둘이 아니었다.

「이대로 대한민국이 소멸하는 것을 지켜만 볼 겁니까? 무슨 방법이라도 찾아야죠!」

각계의 전문가들이 저마다의 방식으로 발 벗고 나섰다. 그중에는 파일럿도 있었다.

「저 하늘이 게시판이라면……. 우리도 가능하지 않을까요?」

그렇게 대한민국 국민들의 염원을 담은 비행기가 곡예 하듯 날아다니며 하늘에 글자를 썼다.

Q. 서버 종료를 막을 방법은?

그러자 답변이 있었다. 구름으로 만든 숫자가 하늘에 뜬 것이다. 파일럿이 다시 대화를 시도했으나 운영진의 답변은 그것으로 끝이었다. 정확히는 이와 같은 매크로 답변만 계속해서 달렸다.

A. 불편을 끼쳐 죄송합니다. 더 나은 서비스를 위해 노력하겠습니다.

이상한 점은 하늘에 새겨진 숫자가 늘었다가 줄었다가 했다는 것이다. 사람들은 숫자가 의미하는 것이 무엇인지, 왜 변하는지 추측했다.

「앞에 + 표시가 붙어 있다는 점을 미루어 보았을 때, 서버 유지를 위한 최소 인원수가 아닐까요?」

그 말은 일리가 있었지만 출생자나 사망자 수와 딱 맞아떨어지지 않는다는 것이 문제였다.

사람들은 숫자의 비밀을 밝히기 위해 모두 고민했다. 그러다 어느 한 백수가 이런 가설을 인터넷에 올렸다.

—혹시, 태아가 포함된 것은 아닐까요?

놀랍게도 그 가설은 곧 사실로 밝혀졌다. 사람들은 희망에 부풀었다. 인구수만 늘린다면 서버 종료를 막을 수 있다니! 지금이라도 늦지 않았다니!

그리고 그날 이후, 모든 것이 달라졌다.

「지영 씨가 임신을 했대요!」

김 대리가 사무실에 들어오며 외쳤다. 앉아 있던 사람들이 모두 자리에서 벌떡 일어났다. 장 부장이 박수를 치며 말했다.

「우리 팀에도 드디어 임산부가 나오다니!」

「지영 씨 12년 유급 휴가 시작인가?」

「지영 씨가 아니라 이젠 지영 특별 이사님이시지.」

「그래 우리 특별 이사님 덕분에 보너스 두둑하게 받겠네!」

사람들의 축하는 계속 이어졌다.

「그럼 지영 씨까지 우리 회사에서 벌써 7명째인가?」

김 대리가 호들갑을 떨었다.

「8명이죠. 〈애 모으기 운동〉이 그래도 효과가 있나 봐요. 이런 속도라면 우리 서버 종료 안 해도 될지도 몰라요.」

그런데 그때 김 대리가 나를 힐끗 보았다. 시선을 눈치챈 사람들이 음흉한 표정을 지었다.

「다음은 이제 박 팀장인가?」

장 부장이 다가와 내 어깨를 툭툭 치며 말했다.

「조만간 좋은 소식 기대할게. 응?」

나는 빈 맥주잔을 식탁 위에 소리 내 내려놓았다.

「누구나 다 애를 낳고 싶어하는 건 아니잖아. 안 그래?」

남자 친구는 성의 없이 고개를 주억거렸다.

「그렇지. 하지만 요즘은 아무래도 혜택이 많으니까.」

「그 혜택도 문제야. 지영 씨가 입사한 지 얼마나 됐다고 특별 이사가 돼? 그리고 12년 유급 육아 휴직을 하고 돌아오면 다시 신입이나 다름없는 거 아니겠어? 그렇게 쉽게 임원이 될 거면 지금까지 나는 왜 이렇게 열심히 한 거냐고.」

「기운 내. 그런 기회조차 없는 나 같은 사람들도 있잖아.」

나는 그가 오래전부터 회사를 좀 쉬고 싶어한다는 사실을 떠올리곤 큼큼, 헛기침을 했다.

「그래서 말인데. 우리도 혼전 임신 준비해 보는 거 어때?」

그가 내 눈치를 보며 물었다.

「우리 결혼하면 아이 낳기로 했잖아. 혼전 임신은 혜택도 더 많은데, 지금이 딱 적기 아냐? 국가 유공자 지정에 한강 뷰 아파트에 출산 수당에 특별 휴가까지.」

「난 그렇게 오래 쉴 생각 없어.」

「하지만 콘돔 구하기도 이제 어려워졌어. 씨가 말랐다고. 싸구려 모텔 콘돔 하나가 10만 원이야. 이게 말이 돼?」

그는 주머니에서 콘돔을 꺼내 흔들었다.

「이것도 겨우 구한 거야.」

나는 주위를 살피고 작게 말했다.

「뭐 하는 짓이야. 누가 신고라도 하면 어쩌려고.」

「그러니까 이런 짓 그만하고, 우리도 대세를 따르자는 거지.」

나는 고개를 숙였다. 분명, 결혼 생각도 아이를 낳을 생각도 없는 건 아니었다. 하지만 뭔가 이건 아니라는 생각이 들었다.

「여기 맥주 한 잔 더요.」

나는 손을 들었다. 잠시 후, 맥주를 가져온 아줌마가 빙글빙글 웃으며 이렇게 말했다.

「아유, 맥주 많이 마시면 몸이 차가워지는데.」

「그래서요?」

아줌마는 변명하듯 말했다.

「아니, 그냥 걱정돼서 그러지. 소중한 몸이잖아.」

「제 몸이니까 걱정 안 하셔도 돼요.」

「자기야. 왜 그래.」

남자 친구가 나섰다.

「오늘 힘든 일이 좀 있었다나 봐요.」

남자 친구가 넉살 좋게 말하자 아줌마는 허허 웃었다.

「괜찮아요. 그럴 수도 있지. 다 이해해요. 배란기 때 여성이 좀 예민하잖아.」

「저기요!」

나는 자리에서 일어났다.

「아유, 알았어요! 그만할게, 응?」

아줌마는 웃으며 말하더니 사라졌다. 나는 결국 맥주에 입도 대지 않고 가게를 나왔다.

「왜 그래. 어르신이 그냥 걱정해서 해준 말이잖아.」

그가 내 뒤를 따라오며 말했다. 나는 그에게 쏘아붙이듯 말했다.

「지금 저 아줌마가 걱정한 게 나라고 생각해?」

그가 길에 멈춰 섰다.

「그만 좀 해. 자기 요즘 너무 예민하다고.」

「예민할 수밖에 없잖아. 집에서도 회사에서도 길

에서도 다 나를 애 주머니로만 보는데!」

「시국이 시국이니까 어쩔 수 없잖아.」

「당신도 마찬가지야.」

그러자 그가 도리어 내게 화를 냈다.

「솔직히 말해서, 나 자기가 왜 그러는 건지 잘 모르겠어. 너무 부정적으로만 생각하는 것 같아. 나랑 출산 장려 세미나라도 참여해 보자. 응?」

「싫다고 했잖아.」

「우리 미래를 위해서라도 필요한 일이야.」

「그런 방법으로 미래를 준비하고 싶지 않아. 내가 진짜 원하는 건 그런 게 아니라고.」

「그럼 대체 뭘 원하는데?」

그는 잠시 씩씩거리더니 슬픈 표정으로 말했다.

「당신의 미래에 내가 있기는 한 거야?」

그날 밤, 나는 침대에 누워 생각했다.

〈그래서, 나는 뭘 원하는 거지.〉

무언가 대단한 목적이 있는 건 아니었다. 어차피 결혼을 한다면 그와 할 거라고 생각했고, 때가 되면 아이를 낳을지도 모른다고 생각했다. 그런데 도대체 뭐가 이렇게 발목을 잡는 것일까?

나는 지난 주말, 우리 집에 찾아온 〈헬퍼〉와의 만남
을 떠올렸다.

「안녕하세요. 출산 장려부에서 임신 의향 조사차
나왔습니다. 잠시 시간 되실까요?」

임신 의향 조사는 가임기 여성이라면 필수로 해야
하는 대면 조사였다. 나는 한숨을 쉬고 현관문을 열
었다. 20대 중반의 남성이 서글서글하게 웃으며 나
를 바라보고 있었다. 그는 내 손에 쇼핑백을 하나 쥐
어 주었다.

「아, 이건 루이보스 차예요. 몸을 따듯하게 해줘요.」

나는 쇼핑백을 현관에 내려놓고 대답했다.

「당분간 생각 없습니다.」

「혹시 출산을 꺼리는 특별한 이유라도 있으신가
요? 저희 출산 장려부에서 그 고민을 해결해 드리려
고 하는데요.」

이유라면 1백만 가지는 댈 수 있었다. 나는 내가 맡
은 프로젝트를 계속하고 싶었고, 아이를 기르는 건
적성에도 맞지 않았다. 임신한 엄마를 두고 바람피운
아빠가 원망스러웠고, 나를 낳다가 요실금에 걸려 자
주 축축한 팬티를 입고 버텨야 했던 엄마가 불쌍했다.
대충 그렇게 말해 주면 되는 걸까? 하지만 왜 그런 이야기를 내가 처음 만난 저 남자에게 해야 하는가? 어차피 내 불안의 이론적 파훼법 따위, 그는 책 한 권 분량으로 갖고 있을 텐데. 그래서 나는 그냥 이렇게 대꾸했다.

「지금 낳을 이유를 아직 찾지 못했어요.」

「아아, 그러시군요. 출산의 이유를 찾는다는 게, 아무래도 쉬운 일은 아니죠. 충분히 이해합니다. 아, 잠시 들어가도 될까요?」

그는 이미 현관에 발을 들이며 내게 물었다. 현관문이 닫혔고, 그의 향수 냄새가 내 코를 찔렀다.

「살펴보니까 우리 사랑 카드에 있는 유흥 지원금도 거의 쓰지 않으셨더라고요. 매달 사라지는 게 좀 아까워서 사용을 도와드리고 싶은데요.」

「요즘 좀 피곤해서요.」

「아, 어쩐지. 피곤하시구나. 그래도 그럴수록 맛있는 것도 많이 먹고 영화도 보고 술도 한잔하고 신나게 춤도 추고 스트레스 푸셔야죠.」

「네, 여유가 생기면 알아서 할게요.」

「최근 남자 친구분을 만나는 횟수가 많이 줄었던데, 혹시 연애 전선에 문제가 생기신 것은 아닌가요?」

「그런 건 어떻게 알죠?」

「아, 남자 친구분께 사전 조사를 해서요.」

머리가 지끈거렸다.

「늘 같은 데이트를 하면 지루해지기도 하죠. 최근에 제가 좋은 식당을 하나 알게 되었는데, 뷰도 예쁘고 분위기도 좋답니다. 와인 한잔하기 좋을 것 같아요. 유흥 지원금 사용 가능한데 예약 도와드릴까요?」

「괜찮아요. 피곤해서 저는 이제 좀 쉬어야 할 것 같네요.」

「네. 알겠습니다. 피곤하시면 안 되죠.」

헬퍼는 내 손에 자신의 명함을 쥐어 주고 빙긋 웃었다.

「혹시 유흥 지원금 사용할 친구가 필요하거나, 남자 친구 문제, 업무 스트레스 등으로 상담하고 싶은 일이 있으면 편하게 연락 주세요. 언제든 위로해 드릴게요. 몸과 마음을 모두 케어하는 게, 저희 헬퍼들의 일인 걸요.」

헬퍼가 떠나자마자 나는 친구에게 전화를 걸었다.

「네 말대로 헬퍼들 실적 채우려고 별짓을 다 하더라. 진짜.」

친구는 까르르 웃었다.

「덕분에 나만 좋지 뭐. 헬퍼들 다 잘생기고 매력 있지 않아? 너도 헬퍼들이랑 유흥 지원금으로 그냥 신나게 놀러 다녀. 국가 정책이시라잖아.」

「하지만, 목적이 뻔하잖아. 관리하는 여성이 임신을 하면 그 수만큼 수당을 받는다고 하던데.」

「참 나, 내 목적은 뭐 대단하냐? 그냥 젊은 애들이랑 놀아 보겠다는 건데.」

「그래도 조심해. 그러다가 진짜 눈 맞아서 임신이라도 하면 어떡해.」

「까짓것 해도 나쁠 거 없지. 국가 유공자 되는 거잖아. 잘생기고 똑똑한 유전자 가진 애를 낳을 수도 있고. 너 헬퍼들 엄청난 고급 인력만 채용하는 거 알고 있었어?」

「하지만 어떻게 아이를 혼자 키워.」

「참나. 육아 도우미 서명한 사람이 국민의 절반인데 아이를 왜 내가 혼자 키우냐?」

하긴 언제부터인가 텔레비전에서는 아동의 문제 행동을 해결해 주는 〈감쪽같은 내 새끼〉 같은 매운맛 프로그램은 퇴출당하고 온 국민이 나서서 육아를 돕는 〈슈퍼 베이비가 나타났다〉 같은 프로그램만 방영하지 않았던가.

「하지만, 최악의 상황에는 낯선 나라에 아이와 단둘이 떨어질 수도 있는 거 아니야?」

내 말에 친구는 코웃음을 쳤다.

「정부 발표 못 봤어? 이 속도라면 12월 전에 서버 유지 확정이라잖아.」

「거짓 발표라는 소문도 있던데.」

「그런 음모론을 믿어? 인터넷 지라시 그만 보고 현실을 좀 봐.」

그 말은 사실이었다. 뉴스에서는 늘 유흥 지원금을 사용해 경쟁에서 자유로워진 청춘들의 행복한 모습을 보여 주었고 애국 강간이라는 혐오스러운 신조어는 그 어느 기사에서도 보이지 않았다. 이런 공익 광고 현수막이 동네 곳곳에 나붙어 있기도 했다.

〈마음껏 놀고 마음껏 사랑하세요. 당신의 청춘, 대한민국이 책임집니다.〉

〈낳기만 하세요! 나머지는 대한민국이 다~ 합니다.〉

〈나라를 지키자! 아이를 낳자!〉

정말 내가 너무 예민한 걸까? 나는 친구와 전화를 마치고 생각했다. 내가 임신했다는 사실을 알게 된 건 그로부터 딱 일주일 뒤의 일이었다.

*

「진짜야?」

남자 친구는 축축하게 젖은 눈으로 내게 물었다.

「진짜로, 임신한 거야?」

「아직 확실하지는 않아. 병원에 가보지는 않았거든. 테스트기는 일단 두 개 다 두 줄이야. 물론 둘 다 불량일 가능성도 있지만…….」

「정말 잘됐다.」

남자 친구는 나를 끌어안았다. 나는 남자 친구를 가볍게 밀치며 물었다.

「어떻게 된 거야? 그날 피임 제대로 한 거 맞아?」

「당연하지.」

「확실해? 그날 우리 많이 취했잖아.」

「응. 분명히 썼어. 내 기억은 정확하다고.」

「중간에 뺀 거 아냐?」

「내가 왜 그런 짓을 해!」

「몰라서 물어?」

그러자 그는 상처받은 표정을 지었다.

「지금 혹시, 날 의심하는 거야?」

나는 황급히 상황을 수습하려 했다.

「아니, 꼭 그렇다는 건 아니고…….」

그는 작게 한숨을 내쉬더니 억지로 입꼬리를 끌어올려 내게 웃어 보였다.

「아무튼 이왕 이렇게 된 거, 하늘이 준 선물이라고 생각하자.」

그는 들뜬 표정으로 혼전 임신 혜택을 읊었다. 하지만 나는 속으로 의심을 지울 수가 없었다. 그는 늘 이런 상황을 간절하게 원하지 않았던가. 게다가 그날 그는 어딘가 조금 수상한 구석이 있었다. 뭐라고 정확하게 말할 수는 없지만 느낌이 그랬다.

「자기야. 솔직하게 말해 줘.」

나는 그의 눈을 보고 말했다.

「어차피 벌어진 일이잖아. 진실이라도 알고 싶어서 그래. 제발 부탁이야.」

그는 한숨을 내쉬었다. 그리고 천천히 말했다.

「콘돔을 쓴 건 사실이야. 그런데…….」

「그런데?」

「불법적인 루트로 구하다 보니……. 약간의 문제 같은 게 생길 수 있었을 것 같은 느낌이 들기도 하고.」

「돌리지 말고 제대로 얘기해. 문제라니?」

「사실, 암시장에서 거래되는 콘돔이 녹는다는 소

문을 들은 적이 있어.」

「녹는다고? 그럼 피임이 아니잖아. 알면서도 그걸 산 거야?」

「그냥 소문인 줄 알았지. 그리고 방법이 없는데 어떡해.」

「나한테 말이라도 했어야지!」

그는 미안하다고 웅얼거렸다. 그의 모습을 보면서 나도 모르게 이런 말이 나왔다.

「아무리 생각해도 이건 내가 원하던 시기도 원하던 방식도 아니야.」

그가 내 손목을 세게 붙잡았다.

「설마, 지금 애를 낳지 않겠다는 생각을 하는 건 아니지? 자기야. 그건 중범죄야.」

「그런 거 아니야. 그냥 혼란스러워서 그래. 그리고 아직 확실한 것도 아니잖아. 정확한 건 병원에 가봐야 알 수 있어. 일단 잠시 시간을 좀 줘.」

나는 남자 친구의 얼굴을 보고 싶지 않았다. 물론 그가 일부러 그랬을 거라고 믿지는 않았다. 하지만 그런 중요한 문제를 나와 상의도 없이 저질렀다는 점에서 너무 실망스러웠다. 내가 아이를 낳고, 저 사람이 내 아이의 아빠가 된다고? 그렇다면 이 기억이, 이

의심이 내 머릿속에서 마치 〈녹는 콘돔〉처럼 사라질 수도 있게 되는 걸까?

우선은 임신 사실을 확실히 알아야 했다. 병원에 간다면 가장 빠르고 정확하게 진실을 알 수 있다. 하지만 임신이 밝혀지는 순간, 나는 혼자서 걷지도 못하고 아무리 짧은 거리도 초기 유산을 막기 위해 〈산모 조아 붕붕카〉만 타고 다녀야 할 것이었다. 빌어먹을 헬퍼들이 얼마나 집에 들락거릴지도 알 수 없는 일이었다. 나는 임신 테스트기를 몇 번 더 해봐야겠다고 생각했다. 하지만 한 달에 한 번 국가에서 제공하는 두 개의 임신 테스트기 외에 추가로 구매할 경우 이력이 남아서 국가의 집중 관리 대상이 되었다. 나는 인터넷에 〈임신 테스트기〉를 검색했다. 사용하지 않는 임신 테스트기를 프리미엄 붙여 파는 사람들이 있기는 했다. 역시 돈으로 안 되는 건 없다니까. 나는 구매 의사를 밝히는 채팅을 쓰다가 문득, 이런 생각이 들었다.

〈임신을 멈추는 약물도 같은 방법으로 구할 수 있는 게 아닐까?〉

나는 집으로 돌아와 인터넷에 임신 중절, 임신 중단 같은 검색어를 쳐보았다. 당연히 아무것도 검색되지 않았다. 초성을 쓰자 몇 개의 게시 글이 있었지만 딱히 도움되는 정보는 없었다. 임신 중단 시술을 한 의사가 돌에 맞아 죽었다는 기사가 전부였다. 나는 침을 꿀꺽 삼켰다. 정말 그런 선택지는 이 세상에서 사라진 걸까? 나는 오기가 생겼다. 그래서 밤새 온갖 키워드로 검색해 봤다. 그러다가 한 커뮤니티를 발견 했다. 〈출산을 고민하는 사람들〉이라는 이름의 커뮤 니티였다. 익명의 그 커뮤니티는 가입 절차로 임신 테스트기 양성 사진을 요구했다. 뭔가 이상했다. 출 산을 고민하는 사람들에게 임신 테스트기 사진을 요 구한다고? 이상하게 촉이 섰다. 어쩌면, 내가 원하던 정보가 있을지도 몰랐다. 나는 임신 테스트기 사진을 찍어 업로드했다. 세 시간쯤 뒤 가입 허가 쪽지가 왔 다. 두근거리는 마음으로 커뮤니티에 들어갔는데 황 당하게도 거기에는 아무 글도 올라와 있지 않았다. 역시, 이런 시국에 이런 게 존재할 리 없지. 실망하고 있는데 갑자기 쪽지가 하나 왔다.

　—아이를 원하지 않으신다면 도와드리겠습니다.
　—어떻게 돕는다는 거죠?
　—생각하시는 방법으로요.

─비밀은 보장이 되는 건가요?

대답 대신 상대는 이런 쪽지를 보냈다.

　─서로 목숨 걸고 하는 일 아닌가요?

내가 뭐라고 대답하기 전에 다시 이런 쪽지가 왔다.

　─내일 강남역 10번 출구에서 밤 10시, 붉은 장미
꽃을 한 송이 들고 있으면 콘택트하겠습니다.

다음 날 나는 밑져야 본전이라는 생각으로 꽃을 사
들고 강남역으로 갔다. 정확히 10시 정각, 검은 마스
크를 쓴 한 여자가 내게 말을 걸었다. 목소리를 들어
보니 나와 비슷한 또래 같았다.
「잠깐 저기 앉아 이야기 좀 하죠.」
나는 마스크를 쓰고 모자를 눌러쓴 채 그 여자를 따
라갔다. 여자는 화단에 걸터앉아 내게 이런저런 것을
물었다. 여자는 지나치게 친절했고 자신을 믿어도 된
다고 하며 마스크를 벗었다.
「서로 얼굴 보고 이야기해요.」

「모든 과정은 비밀이라고 들었는데요.」

「비밀을 지키기 위해서는 서로 신뢰가 필요하잖아요. 안 그래요?」

그녀가 싱긋 웃었다. 그런데 그 순간 어째서인지 나는 헬퍼의 미소가 떠올랐다. 지나친 친절이 때로는 나를 불쾌하게 하는 순간이 있는데, 그 순간도 그랬다.

「조금만 더 생각해 볼게요.」

나는 자리에서 일어났다.

「왜요? 여기까지 용기 내서 오셨잖아요. 저는 최소한의 안정장치를 마련하자는 것뿐이에요. 목숨 걸고 하는 일인데, 상대가 누구인지는 알아야죠. 혹시라도 걱정되시면 제가 먼저 신분증을 보여 드릴게요. 그러면 좀 더 안심이 되실까요?」

그녀는 나를 붙잡았다. 적극적이고 친절한 그녀의 태도가 오히려 의심에 불을 지폈다.

〈이건 함정이야.〉

의심은 점점 확신으로 바뀌었다. 주변에 앉아 있던 몇몇 사람이 슬금슬금 우리를 따라 일어나는 것이 느껴졌다. 나는 침을 꿀꺽 삼키고 머릿속으로 도망칠 경로를 빠르게 계산해 보았다. 정체가 알려지는 순간, 나는 임산부로 등록되어 국가의 관리를 받게 될 것이고, 원하든 원치 않든 이 아이를 낳게 될 것이 분명했다. 임신 중단을 시도했다는 이유로 범죄자가 되는 것은 물론이고……. 나는 천천히 뒷걸음질 치다가 달리기 시작했다. 타닥타닥. 다급한 발걸음 소리들이 뒤따랐다. 셋, 넷. 어쩌면 그 이상. 심장이 터질 듯이 뛰고 다리가 곧 풀릴 것 같았다. 방금까지만 해도 친절했던 여자가 뒤에서 날카로운 목소리로 외쳤다.

「산모님, 뛰면 안 돼요! 위험하다고요!」

숨이 찼다. 내가 무슨 죄를 지었기에 이렇게 쫓겨야 하는 걸까? 길 건너편에서는 어딘가 수상한 사람들이 내 쪽을 향해 다가오는 것 같았다. 머릿속이 새하얘졌다. 그때였다. 갑자기 내 앞에 차가 한 대 급정거하며 멈춰 섰다.

「타요! 도와줄게요!」

뒷자석 문이 열리며 한 여자가 외쳤다. 나는 생각할 겨를도 없이 그 차에 몸을 던졌다. 문을 미처 닫지도 않았는데 차가 엄청난 속도로 출발했다. 뒤를 보니 나를 쫓던 사람들은 망연자실하게 서 있었다.

「누구시죠?」

그제야 나는 정신을 차리고 여자에게 물었다. 운전하던 남자가 말했다.

「저희는 정부의 출산 의무 정책에 반대하는 사람들이에요. 그러니까 걱정하지 않아도 됩니다.」

나는 그 말도 이제는 믿을 수가 없었다. 옆에 앉은 여자가 말했다.

「아까 만난 건 정부 요원이 맞아요. 출산 장려부에서 우리를 사칭해 임신 중단하는 여성들을 함정 수사로 색출해 내고 있어요.」

「어떻게 그런 짓까지…….」

「그것보다 더한 짓도 하는데요, 뭐.」

「더한 짓이라고요?」

「녹는 콘돔을 고의적으로 뿌리지 않나, 부모가 키울 수 없는 아이들을 키워 준다면서 고아원에 방치하지 않나…….」

운전하던 남자가 격양된 목소리로 말했다.

「그 애들에게 가야 할 돈이 청년들의 유흥 지원금으로 낭비되고 있다고요!」

여자는 내 손을 꼭 잡고 말했다.

「지금 지원 정책도 만약 서버 유지가 결정되면 바뀔 게 분명해요. 일시적인 눈속임이라니까요. 그러니까 정부 말만 믿고 낳으면 절대 안 돼요. 본인이 반드시 결정해야 해요.」

듣고 보니 그랬다. 당장 문제를 해결하기 위해 여러 정책을 내놓았지만, 문제가 해결되면? 그다음은?

「정부가 출산 장려를 통해 인구 문제를 해결하려고 하지만, 우리는 그 반대예요. 인구를 줄여 국가 소멸을 하루라도 빨리 앞당겨야 한다고 생각해요. 이런 나라는 망해도 싸다고요.」

그때 갑자기 엄청난 충격과 함께 차가 흔들렸다. 사이렌 소리가 들렸다.

「너희는 포위되었다. 납치한 산모를 안전하게 돌려주고 순순히 항복하라.」

「제장, 꽉 잡아요.」

남자는 액셀을 밟았다. 차가 앞으로 튕겨 나가듯 달렸다. 나는 앞좌석 헤드를 부둥켜 잡고 눈을 질끈 감았다. 마치 할리우드 영화 같은 추격전이 벌어졌다. 차창 밖으로 스치는 불빛들이 일그러지듯 어지러웠고, 나는 금방이라도 토할 것 같았다. 경찰의 사이렌 소리가 가까웠다 멀어지는가 싶더니, 정신 차려 보니 어느덧 몇 대의 경찰차가 우리를 에워싸고 있었다.

「다 끝났어요.」

운전하던 남자가 핸들에 머리를 박고 낮게 신음하

듯 말했다. 여자는 담담한 표정이었다.

「언젠가 이런 일이 벌어질 거라는 거, 우리 알고 있었잖아.」

경찰들이 다가오는 것이 보였다. 여자는 내게 말했다.

「우리가 납치했다고 말해요. 한 사람이라도 빠져나오는 게 좋으니까요.」

그리고 내 손에 알약 하나를 건넸다.

「당신이 찾던 약이에요. 이걸 먹고 나머지는 24시간 후에 입안에서 녹여 먹으면 돼요.」

그녀는 그렇게 말하며 내 주머니에 무언가를 쑥 넣었다.

「어떤 선택이든 상관없어요. 다만 스스로 결정하기를 바랄게요.」

*

「이쪽으로 앉으시죠.」

수사관은 내게 푹신한 소파를 권했다.

「긴장하실 거 없이 편하게 대답하시면 됩니다.」

그가 루이보스 차를 내왔다. 클래식 음악이 취조실

에 은은하게 맴돌았다.

「많이 놀라셨죠? 그치들, 아주 악질이에요. 산모님
들을 유혹해서 납치나 하고⋯⋯.」

나는 대답 대신 차를 후루룩 마셨다. 따뜻한 차가 목
구멍을 타고 내려갔지만, 마음은 점점 더 불안해졌다.

「임신 중단이라는 건, 여성의 몸에 아주 위험한 일
입니다. 하지만 산모님이 그런 결정을 고민한 데에는
다 이유가 있었겠죠. 그들이 산모님을 유혹하고 세뇌
했던 것 아닙니까? 혼란스러운 임신 초기 산모들의
불안 심리를 악용해서 말입니다.」

그는 동정심 넘치는 표정으로 나를 바라보았다.

「사실, 그런 상황에서 흔들리는 건 자연스러운 일
입니다. 누구나 겪을 수 있는 일이고, 정부도 그런 부
분을 충분히 이해하고 있어요.」

그는 잠시 말을 멈추고 나를 살폈다.

「저희가 원하는 건 단지 진실입니다. 산모님을 지
키고, 세상의 더 많은 아이를 지키기 위해서요. 솔직
하게 말씀해 주세요. 그들과 어떻게 접촉하게 된 건
가요? 혹시, 그들에게 받은 건 없습니까?」

나는 잠시 머뭇거렸다. 포근하고 안락하고 따뜻한
이곳의 모든 것이 불편하게만 느껴졌다. 그때 밖에서

시끌시끌한 소리가 들려왔다. 익숙한 목소리였다.

「그럴 사람이 아니에요. 정말이에요!」

남자 친구였다. 나는 주머니에 든 약 한 알을 만지작거리며 생각했다. 이대로 돌아간다면 나는 모두가 바라는 삶을 살 수 있을 것이다. 우리는 결혼을 하고 엄청난 혜택을 받고 아이를 낳고 안정된 삶을 살게 되겠지. 하지만 내가 약을 먹는다면 일은 조금 복잡해질 것이다. 그때도 그는 나를 여전히 사랑할 수 있을까? 우리는 그전의 우리로 돌아갈 수 있을까?

남자 친구의 목소리가 점점 가까워지고 있었다. 목이 바짝 말라 왔다. 나는 마른침을 꿀꺽 삼켰다.

「저, 물 한 잔만 마실 수 있을까요?」

이제는 선택을 해야 할 시간이었다.

19
피르가슴

「당신 요즘 도대체 왜 그래. 불만이 있으면 말로 해.」

세 번째 이렇게 물었을 때, 아내는 내게 말했다.

「당신 요즘 피지가 너무 줄었다고 생각하지 않아?」

「그게 무슨 소리야?」

「피지 양이 너무 적다고.」

「그러니까 지금 그 이야기를 왜 하는 건데.」

그녀는 다시 입을 꾹 다물었고, 나는 답답해서 소리를 버럭 질러 버렸다.

「당신이 이상해진 거랑 그게 도대체 무슨 상관이냐고!」

그러자 그녀는 눈을 질끈 감고 이 말을 내뱉었다.

「상관있어! 사실 나, 피지를 뽑으면서 느낀단 말이야.」

「뭐라고? 뭘 느껴?」

「느낀다고. 오르가슴 말이야. 피지를 뽑으면, 찌르
르하고 느낌이 와. 어떻게 형용할 수 없는 그런 기분
이야.」

나는 너무 황당한 나머지 코웃음을 쳐버렸다.

「그러니까, 지금, 내 피지를 뽑으면서 성적 쾌락이
라도 느낀다는 거야?」

그녀는 잠시 발끝을 내려다보더니 대답했다.

「요즘은…… 예전과 같지 않아.」

나는 아내가 나를 놀리는 거로 생각했다. 너무 이상
하지 않은가. 피지를 짜면서 성적으로 흥분한다는 게.
하지만 아내는 그 말을 내뱉더니 갑자기 울먹였다.

「나도 노력해 봤어. 그런데 안 되는 걸 어떻게 해.
당신에 대한 마음이 식어 가는데……. 나도 이런 내가
싫어. 나도 내가 이렇게 달라질 줄은 몰랐다고.」

아내가 주저앉아 흐느끼는 바람에 이상하게도 나
는 아내를 위로하는 꼴이 되었다.

그날 밤 나는 침대에 누워 이게 도대체 어디서부터
잘못되었으며 어떻게 풀어 가야 하는 일인지 생각했
다. 생각해 보니 그동안 그런 조짐이 전혀 없던 것은

아니었다. 아니, 돌이켜 보니 모든 것이 다 이상했다. 처음 만난 날, 그녀가 내 코를 유심히 보던 것이 떠올랐다. 나는 그녀가 눈을 마주치지 못할 만큼 수줍음이 많다고만 생각했다. 하지만 지금 생각해 보니 그녀는 내 코의 모공을 들여다보고 있었던 것 같다. 이상형이라며 그녀가 고백하던 그 순간에도, 그녀는 내 코를 보고 있었다.

연애를 시작한지 얼마 되지 않았을 무렵, 그녀가 가방에서 수줍게 꺼낸 것은 붙이는 형태의 코팩이었다. 코팩을 하고 침대에 같이 누워 있으니 신혼부부 느낌도 나고 재미있기도 해서 나는 그냥 시키는 대로 했다. 코팩을 뜯고 거기 붙은 피지를 그녀가 유심히 들여다보는 게 부끄럽기는 했지만. 그걸 내버려둔 게 문제였을까? 그 일에 익숙해질 무렵, 그녀는 코팩으로는 잘 안 나오는 녀석들이 있다며 손으로 내 코를 짰다. 한두 번은 그녀의 손길에 나를 맡겼지만 나중에는 코가 빨갛게 되고 너무 아파서 하기 싫었다. 내가 거부해도 그녀는 막무가내로 달려들었고, 나는 그만 좀 하라고 화까지 냈다. 알겠다고 말해 포기한 줄 알았는데 얼마 후 그녀는 전문 기구들을 사 왔다. 피지를 터트리는 송곳 같은 기구, 밀어서 긁어내는 올

가미 같은 기구, 쥐어짜는 갈고리 같은 기구, 뾰족하게 집어내는 핀셋 같은 기구, 어디 쓰이는지 모르겠지만 끝에 둥근 공 모양이 달린 기구까지. 그때부터 그녀는 본격적으로 내 피지를 관리하기 시작했고, 나는 점점 그녀 다리를 베고 눕는 일에 익숙해졌다. 작업을 마친 후 그녀는 내 피지를 하나하나 흰 종이 위에 전시하듯 모아 놓고 감상하기를 즐겼으며 이따금 그걸 사진으로 찍어 기록하기도 했다. 이해하기는 어려웠지만 그녀의 취향에 대해 왈가왈부하고 싶지는 않았다. 특히 피지 뽑는 영상을 즐기는 사람들이 그녀 말고도 많다는 사실을 알게 된 후로는 더 그랬다. 물론 처음에 그녀가 〈피르가슴〉이라는 검색어로 동영상을 찾아보는 것을 발견했을 때 나는 그녀가 정말 이상하다고 생각했다. 그녀는 모공에서 거대한 피지들이 주렁주렁 나오는 것을 확대하여 촬영한 영상을 몇십 분이나 보고 있었다. 나는 그녀가 왜 그런 것을 보는지 도저히 이해할 수가 없었다. 솔직히 말해 조금 역겹고 속이 메슥거릴 정도였다. 하지만 그 동영상의 조회 수는 내가 상상할 수 없을 만큼 높았고, 나는 그것이 먹방이나 ASMR처럼 나름의 수요층이 있는 또 하나의 영상 장르라는 그녀의 말에 동의할 수밖에 없었다. 그녀의 권유로 같이 보다 보니 정말 속이 좀 시원해지는 것 같기도 하고 나름 중독성도 있었다. 그렇게 나는 점점 그 문화에 젖어 들었다.

「오늘 자기 진짜 굉장하다. 내가 본 중에 최고야.」

아내는 뽑혀 나온 피지를 보면서 찬사를 늘어놓곤 했다.

「이 피지 좀 봐. 호리병 모양이야. 너무 웃겨.」

그녀는 내 피지의 모양, 굳기, 색깔을 구체적으로 칭찬했다. 나는 결과물이 괜찮은 날에는 나도 모르게 뿌듯한 마음이 들었다. 반대로 그녀가 실망하는 날에는 이상하게 주눅이 들었다.

「아, 오늘은 정말 재미가 없네.」

그런 말을 들으면 나는 나도 모르게 변명하게 됐다.

「얼마 전에 짰으니까 그렇지. 한 주만에 뭐가 어떻게 되길 바라는 거야.」

「혹시 자기 어디 가서 피지 뽑고 다니는 거 아니야?」

그 말을 듣는데 기분이 확 나빠졌다.

「그게 무슨 말도 안 되는 소리야?」

「아니, 농담인데 왜 그렇게 예민해.」

아내는 그렇게 말하며 씨익 웃었고, 나는 속 좁은 남자가 될까 봐 알겠다고 말했다. 그래서 나는 주기적으로 그녀에게 모공을 관리당했다. 너무 모공이 넓으면 뽑는 맛이 없고 너무 모공이 좁으면 피지가 잘 생성되지 않는다는 것이 이유였다. 스팀으로 모공을 열고, 피지를 불려 뽑아내고, 타이트닝 제품을 발라 다시 조이는 일련의 과정은 솔직히 말해 정말 귀찮았다. 그녀가 진짜 나를 위해서 그 일을 하는 것인지 의심이 들어 그 문제로 싸운 적도 몇 번 있었다. 그런데 그 모든 의심이 진짜였다니.

다음 날 눈을 떠보니 아내는 내가 좋아하는 미역국을 끓이고 있었다. 아내는 아무 일도 없던 것처럼 굴었지만 내 마음은 전과 같지 않았다. 고작 피지 때문에 나에 대한 태도가 달라지는 아내를 도저히 이해할 수가 없었다. 아내에 대한 배신감과 경멸, 초라함과 슬픔이 머릿속에 뒤죽박죽했다. 나는 미역국을 먹었지만 몇 순가락 뜨지 못했다. 미역국에 들어 있는 기름진 고기들이 마치 더 기름진 피지를 생성하라는 무언의 압박처럼 느껴졌기 때문이다.

그녀를 위해서도 나를 위해서도 이대로는 살 수 없었다. 나는 아내의 손을 잡고 진지하게 대화를 나눴다. 우리의 관계를 정상적으로 회복해야 한다는 내

의견에 아내는 동의했다. 우리는 다시는 피지로 엮이지 말자고 약속했다. 그리고 연애할 때처럼 영화관도 가고 자전거도 타기로 했다.

「권태기 정도는 얼마든지 오는 거니까, 마찬가지로 얼마든지 극복할 수도 있는 거잖아.」

내 말에 아내는 웃으며 고개를 끄덕였다.

하지만 한 달쯤 지나자 아내는 야릇한 표정으로 내게 이렇게 말했다.

「자기 관리 좀 해야겠다.」

나는 그 말이 무슨 뜻인지 바로 알아챘다.

「우리 그런 거에 의존하지 않기로 했잖아.」

「그냥 피부 관리 차원에서 얘기한 거야.」

「나는 피부 관리 필요 없어.」

「하지만…….」

그녀의 말이 길어질 것이 뻔해 나는 딱 잘랐다.

「그럼 내가 피부과 예약할게. 됐지?」

그녀는 몹시 화를 냈다.

「아니, 내가 있는데 왜 다른 사람에게 간다는 거야? 그럼 나도 다른 사람 찾으면 돼?」

「뭐?」

나는 그녀의 발상을 도무지 따라갈 수가 없었다.

「당신이 다른 사람한테 간다며. 나라고 왜 못 하는데?」

「다른 사람 피지를 왜 짜. 아니, 그 전에 왜 꼭 피지를 뽑아야 하는 건데. 참고 살 수는 없는 거야?」

「안 돼. 내게는 필수적인 욕구야.」

「그러면 혼자 뽑으면 되잖아. 그것까지 누가 뭐라고 해?」

「스스로 하는 건 별로 느낌이 안 와. 잘 보이지도 않고, 나는 자기처럼 지성 피부에 모공이 넓지도 않잖아. 물론 시간이 지날수록 자기도 유분기가 사라져서 크기가 전보다는 못하지만…….」

「그만 좀 해!」

나는 화를 못 참고 그만 옆에 있던 리모컨을 집어 던졌다. 그녀가 상처받은 눈으로 나를 보았다. 하지만 나는 이제 그녀의 그런 시선조차 불편했다. 내가 괴로운 이 순간에도 그녀가 내 모공을 보며 〈저걸 짜고 싶다〉고 생각하는 건 아닐까?

「화내지 마. 우리는 서로 행복해지려고 결혼한 거잖아.」

그녀가 어린애를 다루듯 말했다. 나는 그녀의 말이

도무지 곱게 들리지 않았다.

「난 행복하지 않아. 자기만 즐겁잖아.」

그녀는 그 말을 듣고 잠시 생각하는 듯 하더니 이렇게 대답했다.

「그럼 아내의 즐거움을 위해서 좀 희생해 줄 수 있는 거 아니야?」

나는 그녀가 이기적이라고 생각했다. 자신이 불만족스러울 때는 나를 함부로 대했으면서 자신이 원할 때만 질척거리는 것도 짜증났다. 그 일이 우리 부부 관계를 유지하는 데에 필요하다는 말에도 동의하기 어려웠다. 나는 결국 울음을 터트렸다. 나는 피지에 진 남자였다. 그게 너무 비참하고 초라하고 화가 날 만큼 슬펐다.

그날 이후 아내는 내게 피지 이야기를 꺼내지 않았다. 반년이 지나도록 말이다. 나는 우리가 예전처럼, 아니, 새롭게 시작할 수 있을 거라고 믿었다. 어느 날 그녀의 휴대폰에서 이런 낯선 문자 메시지를 발견하기 전까지는.

  ─다음에 또 부탁드릴게요. 피부가 매끈해진 것

같아요. 감사합니다.

「이게 도대체 뭐야?」

나는 떨리는 목소리로 아내에게 물었다.

「왜 이런 문자가 수도 없이 있느냐고. 당신 무슨 짓하고 다니는 거야? 당신 그동안 아무 말도 없었던 게 이것 때문이었어?」

아내는 시선을 피했다.

「그 사람들 중에 남자도 있었냐고!」

아내는 내 눈을 똑바로 보며 오히려 화를 냈다.

「지금 무슨 말이 하고 싶은 건데?」

「무슨 말이 하고 싶냐고? 그걸 몰라서 물어? 어떻게 그럴 수가 있어? 어떻게!」

「진정 좀 해. 왜 그렇게 화를 내는 거야. 그냥 용돈벌이나 좀 했을 뿐이야.」

벽과 이야기하는 기분이었다. 나는 소리를 지르고 말았다.

「왜냐니! 당신이 다른 사람의 모공을 들여다보면서……. 됐어, 그만해! 더 이상 당신과 함께 살 수 없어. 못 참겠다고!」

나는 짐을 챙겼다. 그제야 그녀는 눈물을 글썽이며

내 앞에서 무릎을 꿇었다.

「자기야, 미안해. 내가 잘못했어. 자꾸 생각나서 그랬어. 자기는 싫다며. 나는 자기를 괴롭히고 싶지 않았어. 이게 자기를 위한 일이라고 생각했을 뿐이야. 자기를 사랑하는 마음은 변함없어. 정말이야. 이건 그냥, 일종의 배설 같은 거야. 아무 의미도 없다고. 다시는 안 그럴게. 제발 용서해 줘. 난 당신 없이 살 수 없어.」

잃어버린 신뢰를 회복하기 위해 어떤 노력이라도 하겠다고, 그녀는 말했다. 나는 그 말을 믿고 싶었다. 하지만 그럴 수 없다는 것을 나는 누구보다 더 잘 알고 있었다. 배가 고프면 밥을 먹고 졸리면 자야 하는 것처럼 그건 참는다고 되는 일이 아니었으니까. 그녀의 다리를 볼 때마다 내가 어떤 충동에 시달렸는지, 비록 그녀는 끝내 이해해 주지 못했지만.

우리는 도대체 어디서부터 잘못되었던 것일까. 그날 밤, 나는 새근새근 잠든 아내의 숨소리를 들으며 생각했다. 아내는 피지를 짤 때 이따금 숨결이 느껴질 만큼 가까이 얼굴을 들이대곤 했다. 내 깊은 곳을 모두 꿰뚫어 보는 듯 게슴츠레한 눈으로. 다른 사람

앞에서도 그녀는 그런 모습을 보였던 걸까. 도대체 몇 명이나 그 표정을 보았을까. 나는 침대를 박차고 일어났다. 화가 나서 도저히 잠을 잘 수 없었다.

세수를 한 후 나는 화장실 거울에 미친 내 얼굴을 물끄러미 바라보았다. 조명 아래 내 피부는 더 적나라하게 보였다. 가까이 들여다보니 정말 모공 밖으로 머리를 내민 피지들이 날 좀 어떻게 해달라는 것만 같았다. 나는 문득 그녀를 이해해 보고 싶었다. 도대체 어떤 느낌이기에 그토록 집착하는지 궁금했다. 코끝을 가만히 손으로 누르니 피지가 머리를 빼꼼 내밀었다. 눈을 질끈 감고 더 힘을 주자 노랗고 기름진 피지가 몇 개 나왔다. 솔직히 기대한 만큼의 쾌감은 느껴지지 않았다. 기술이 부족해서일까? 나는 빨개진 코끝을 문질렀다. 거울을 보니 알맹이를 잃은 구멍이 공허하게 느껴졌다. 그 빈자리를 나는 무엇으로 채워야 할지 알 수가 없었다. 그녀 말대로 정말 시간이 지나면 모든 것이 괜찮아지는 것일까. 나는 그녀가 늘 발라 주던 모공 관리 제품을 꺼내 코에 문질러 발랐다. 겉에 이런 글씨가 쓰여 있는.

〈끝내주게 조여 줘요.〉

화장실 문을 닫은 순간 주머니에 넣어 둔 휴대폰 진동이 울렸다. 휴대폰을 열어 보니 처음 보는 번호로 메시지가 와 있었다.

— 다리털 열 가닥 내일 거래 가능합니다. 굵고 탄력 있고 구불구불합니다. 모근도 꽤 튼튼해요. 그런데…… 정말 털만 뽑으시는 거 맞죠? ^^;

첫 거래를 하는 사람들은 늘 의심이 많았다. 나는 계약금을 입금하고 퇴근 후 회사 근처에 약속 장소를 잡았다. 당연히 문자는 삭제했다. 아내에게는 야근이 있다고 둘러대면 그만이었고.

침대로 기어 들어가자 그녀가 잠결에 나를 끌어안았다. 매끈한 그녀의 다리가 내 허리를 감쌌다. 나는 눈을 감고 내일 만날 여자의 무성한 다리를 상상했다. 아랫도리에 피가 몰리는 것이 느껴졌다. 나는 아내가 알아채지 못하게 돌아누웠다. 어쩔 수 없는 일이었다. 그녀가 몇 년 전 레이저 제모를 하지 않았더라면 나도 이렇게까지는 하지 않았을 것이다.

20
미싱

  바늘을 잃어버렸다. 그건 작은 일이 아니었다. 집에는 막 기어가기 시작한 아기가 있다. 현이는 온몸으로 바닥을 쓸고 뭐든 입으로 가져간다. 나는 현이를 이유식 의자에 앉혀 두고 바닥을 샅샅이 뒤졌다. 하지만 잃어버린 것은 도무지 눈에 띄지 않았다. 남편이 먼저 발견하기라도 한다면 큰일이다. 남편은 내가 미싱을 시작한 이후로 현이가 부쩍 밤에 자주 운다고 생각했다. 이앓이 때문에 깨는 거라고 설명했지만 내 말을 믿지는 않는 눈치였다. 서운했다. 산후 우울증에 좋다며 취미 생활을 시작하라고 부추긴 것도, 매장에 가서 내 생각에는 조금 과하다 싶은 가격의 미싱을 선뜻 구매한 것도 그였기 때문이다. 도대체 어디서부터 어긋난 것일까. 처음에는 모든 것이 다 괜찮았는데.

어쩌면 그 집에 갔을 때부터인지도 모르겠다. 그날
은 토요일이었고 우리는 아침부터 부산했다. 집에서
한 시간쯤 걸리는 거리를 아기와 함께 차를 타고 이동
하는 것은 처음이었기 때문이다.

「전부 잘 챙겼어? 빼먹은 거 없어?」

남편은 물었고, 나는 가방에 있는 물건들을 전부
다시 확인하고 차에 올라탔다. 우리는 원단을 받으러
가는 길이었다. 파우치나 가방 같은 소품 말고 옷을
만들어 봐야겠다고 결심한 시기에, 마침 인터넷에 누
군가 올린 글을 읽었다. 취미 생활을 그만두면서 자
신이 갖고 있던 원단과 부자재를 헐값에 전부 처분한
다는 글이었다.

「그런데 얼마나 많길래 각오까지 해야 해?」

앞에서 운전하던 남편이 코웃음을 치며 말했다. 나
는 카 시트에 앉은 현이의 동그란 뒤통수를 쓰다듬으
며 대답했다.

「여름 원단부터 겨울 원단까지 다양하게 있대. 너
무 많아서 사진도 다 못 찍었대. 그러면 한동안 뭐 새
로 살 일은 없을 거라던데? 마네킹도 가져가라는데
거절했어.」

「그걸 다 어디에 두려고?」

「서재에 두면 되지. 현이가 태어나고 나서 당신도 나도 서재에서 보내는 시간이 거의 없잖아.」

나는 구매할 원단으로 만들 수 있는 수많은 옷의 종류를 늘어놓았다. 점퍼, 원피스, 맨투맨 티셔츠, 수영복, 심지어 현이의 돌 한복까지……. 남편은 이제 옷 안 사도 되는 거냐며 너스레를 떨었고, 현이는 카 시트에 얌전히 앉아 창밖의 풍경을 구경하다가 잠이 들었다.

약속한 장소는 판매자의 집 앞이었다. 조금은 낡은 저층 아파트였다. 202동 앞에 차를 주차하고 판매자를 기다리는데 현이가 깨어났다. 울고 있는 현이를 달래며 분유병을 흔들던 바로 그때였다.

「설마 저건 아니지?」

남편이 물었다. 어떤 부부가 커다란 수레를 앞뒤로 끌고 아파트 입구에서 나오고 있었다. 수레에는 높이가 1미터씩은 되는 꽉 채워진 파란 봉투가 겹겹이 쌓여 있었다. 어림잡아도 열 개는 훨씬 더 넘어 보였다. 현이가 분유를 달라며 보채는 탓에 남편이 나 대신 밖으로 나갔다. 현이가 분유를 먹는 동안 두 남편은 트

링크에 봉투를 하나하나 옮겨 넣었다. 나는 차 뒤편 유리로 남편의 표정을 살폈다. 힘든 것인지 화가 난 것인지 알 수 없는 표정이었다. 갑자기 내가 앉은 쪽의 차 문이 열리더니 불쑥 커다란 봉투 하나가 밀고 들어왔다.

「트렁크가 꽉 차서요.」

판매자의 남편이 코를 훌쩍이며 말했다. 나는 가운데로 자리를 옮겨 앉았다. 남자는 이런저런 각도로 봉투를 넣어 보더니 이렇게 말했다.

「아예 나오셔야 할 것 같은데요.」

나는 현이를 안고 밖으로 나갔다. 남편은 이제 손을 놓은 채 다른 사람이 우리 차 뒷좌석에 물건들을 쑤셔 넣는 것을 보고만 있었다.

「돈은 계좌 이체해 주세요.」

옆에 서 있던 판매자는 내게 말을 걸었다. 내가 휴대폰으로 돈을 보내는 동안 남편은 차에 시동을 걸었다. 나는 판매자에게 빠르게 인사한 후 조수석에 올라탔다. 남편은 황당하다는 듯 나를 쳐다봤다.

「위험하잖아. 현이는 카 시트에 앉혀야지.」

「자리가 없는데 어떡해.」

남편은 뒤를 힐끗 보더니 액셀을 밟았다. 현이는

자세가 불편한지 가는 길 내내 징징거렸다.

「쪽쪽이라도 좀 물려 봐. 신경 쓰여서 운전을 못 하겠어.」

남편은 말했다. 그제야 나는 공갈 젖꼭지를 챙기지 않은 것을 알았다.

「그걸 두고 다니면 어떡해? 내가 몇 번이나 물어봤잖아.」

「다 챙긴 줄 알았지. 당신은 가방 한 번 챙겨 본 적 없으면서 왜 소리를 지르고 그래?」

우리는 한동안 쪽쪽이를 챙기는 것이 누구의 책임인가에 대해 갑론을박을 벌였다. 현이가 자지러지게 우는 바람에 싸움은 싱겁게 끝나 버렸지만.

「나도 이렇게 될 줄은 몰랐어.」

나는 앞을 보며 말했고, 남편은 여전히 대답이 없었다.

아무것도 사지 않아도 될 거라는 판매자의 말은 사실이 아니었다. 옷을 만드는 데 필요한 재료는 생각보다 훨씬 더 많았다. 원단을 꺼내 작업을 시작해 보려고 할 때마다 필요한 것이 생겼다. 곡선자와 암홀자, 시접자, 패턴지는 물론이고 단추, 바이어스 메이

커, 고무줄, 라벨, 원단을 빳빳하게 만들어 주는 심지, 콘솔 지퍼 등이 필요했다. 원단이 많은 만큼 그 원단에 필요한 실과 시보리 또한 다양했다. 게다가 옷본 없이 옷을 만든다는 것은 초보자에게 불가능한 일에 가까웠다. 나는 한 권의 패턴 책과 다섯 개의 패턴 도안을 구매했다. 질리지 않고 변형이 쉬운 기본 디자인으로 추리고 추리느라 며칠을 고민한 것이었다.

나는 하루에도 몇 번씩 택배가 왔는지 현관문을 열어 보았다. 중국에서 주문한 물건들은 저렴했지만 정확한 위치 추적이 불가능한 것이 대부분이었다. 기다리는 택배가 오기 전까지 나는 원단을 세탁하고 정리하고 재단해 두기로 했다.

「서낭당도 아니고 이게 뭐야?」

세탁한 원단들을 집 안 곳곳에 널어 둔 것을 보고 남편이 말했다. 나는 선세탁을 하지 않으면 옷이 완성된 후 수축할 수 있다고 설명했지만 남편은 듣는 둥 마는 둥 했다. 남편은 재단된 원단 조각들을 보며 물었다.

「재봉은 도대체 언제 해?」

「밤에는 현이가 잠을 자잖아. 재봉틀 소리에 깰까 봐 지금은 재단 먼저 하는 거야.」

「낮에는 안 자니까 못 한다면서.」

「지금 주문한 재료만 오면 시작할 수 있어. 바이어스 바인더랑 초크 펜이랑…….」

「이제 그만 좀 사고 집에 있는 것으로 대충 시작하는 게 어때?」

남편은 내 말을 끊으며 말했다. 나는 그가 아무것도 모른다고 생각했다. 멋진 완성품은 〈있는 것으로 대충〉 만들어지는 것이 아니었다. 모든 것에는 순서가 있다. 무작정 한다고 되는 게 아니다. 처음에는 빨라 보이지만 결과적으로는 한참 돌아가는 것이나 다름없기 때문이다. 현이를 가질 때도 우리는 이런 문제로 싸웠다. 나는 아기를 갖기로 결심하기 전에 최소한 열 권의 육아 서적을 읽어야만 한다고 생각했고, 그는 모든 것이 이론대로 되지만은 않는다며 일단 낳고 기르면서 배워 가자고 했다. 나는 그가 주제넘은 소리를 한다고 생각했다.

「떨어진 단추도 제 손으로 못 다는 주제에 뭘 안다고 그래?」

그는 택배 상자를 발로 찼다.

「그렇게 무시하는 말투 좀 쓰지 마! 지금 그런 이야기를 하는 게 아니잖아, 집 안 꼴 좀 봐! 아기 물건 놓을 자리도 없어. 당신 아기 엄마 맞아?」

　남편은 투덜거렸다. 어질러진 천들도 마음에 안 들고 먼지들도 마음에 안 들고 아기 입가에 실이 붙어 있는 것도, 기저귀 안에서 천 조각이 나오는 것도 싫다고 했다.

　「아기 얘기가 왜 나와? 나는 취미 생활을 하고 싶을 뿐이야.」

　「내가 봤을 때 당신의 취미는 재봉이 아니야. 쇼핑이지. 지난 세 달 동안 당신이 미싱을 돌리는 걸 한 번도 못 봤어!」

　「아기 때문에 바쁜 걸 나더러 어쩌라고? 그럼 이 고가의 미싱을 사놓고 손 놓고 있으란 말이야? 짐이 많은 건, 집이 좁아서야! 그리고 지금은 중국에서 물건을 사서 어쩔 수 없이 기다려야 해. 나중에 오버로크 미싱도 사려면 우리 형편에는 돈을 많이 아껴야 한단 말이야.」

　남편은 한 손으로 마른세수를 하며 힘없이 말했다.

　「미싱이 또 필요하다는 거야, 지금? 여보, 제발 그만 좀 사…… 원하는 걸 다 가질 수는 없어. 포기할 줄도 알아야지.」

　포기라니. 그가 그런 말을 하는 것이 우스웠다.

「그러는 당신은 뭘 그렇게 포기했는데?」

현이가 우는 소리가 들렸다. 남편은 그것이 마치 내 탓이라도 되는 것처럼 나를 노려보고 서재를 나갔다. 현이의 울음소리는 한참 뒤에야 잦아들었다.

그날따라 남편의 코 고는 소리가 크게 들려왔다. 나는 간만에 재봉틀을 켰다. 누빔 원단에 4온스 솜을 넣어 빳빳하고 폭신한 파우치를 만들려 했다. 원단을 무리하게 겹쳐 박은 탓일까? 재봉 소리가 이상했다. 평소보다 몇 배는 더 시끄럽게 들렸다. 천천히 발판을 밟았는데도 자꾸만 바늘땀이 엉켰다. 북집에 실이 뭉쳐진 채 낀 것 같았다. 나는 발판을 더 살살 밟았다. 손바느질만도 못한 속도로. 그러다가 억울해졌다. 왜 나는 시끄러우면 안 돼? 나는 발끝에 있는 힘껏 힘을 주었다. 그게 만약 자동차 액셀이었다면 시속 160킬로미터는 족히 찍었을 거였다. 기관총 쏘는 것 같은 소리를 내며 미싱이 돌아갔다. 바늘땀은 삐뚤빼뚤했고 장력도 맞지 않았다. 그러다 뚝 소리를 내며 기계가 멈췄다. 바늘이 부러진 것이다. 부러진 바늘은 어디로 사라진 것인지 보이지 않았다. 기계가 멈추자 그제야 현이가 우는 소리가 들렸다. 나는 바닥을 손으로 더듬다가 현이 방으로 달려갔다.

현이를 겨우 재우고 밖으로 나왔을 때, 소파 위에서 남편은 여전히 코를 골고 있었다. 나는 어슴푸레한 거실에 우두커니 서 있었다. 거실에는 아기 장난감들이 어지러웠고 남편이 벗어 둔 옷이 허물처럼 놓여 있었다. 나는 고개를 돌렸다. 옷장은 열려 있고, 빨래 통은 넘쳐 나고, 싱크대에는 젖병이 쓰러져 있고, 서재에는 실뭉치, 원단 조각, 자리가 없어 구석으로 밀려난, 이제는 바닥에 아무렇게나 흩어져 있는 내 전공 서적들……

언젠가 남편은 내게 말한 적이 있었다. 그날 자신이 다른 가정의 불행을 양도받은 기분이었다고. 몇 번이나 엘리베이터를 오르내리며 원단을 집으로 실어 나르던 그날 이후, 서재 곳곳에 자리 잡고 있는 묵은 그 원단들이 자신을 내내 짓누르는 것 같다고 말이다. 남편은 소파에 웅크려 누우며 중얼거렸다.

「너무 무거워. 인생이.」

미싱을 하다 보면 분명히 두 장의 천을 잘 고정한 것 같은데 모서리가 틀어진 채 끝이 나는 경우가 종종 있었다. 우리는 도대체 어디서부터 틀어진 것일까? 박는 건 쉬워도 뜯는 건 어려운 일이라는 사실을 왜 아무도 우리에게 미리 알려 주지 않았을까?

　다음 날 저녁 남편은 꽃을 사 왔다. 남편이 꽃을 사오는 것은 사과할 때뿐이라는 것을 나는 알고 있었다. 남편은 내 어깨를 감싸안았다. 갑자기 어깨뼈 근처가 따끔거렸다. 나는 옷 속으로 손을 넣어 만져 보았지만 아무것도 없었다. 남편은 다정한 목소리로 말했다.

　「당신, 미싱이 하나 더 필요하다고 했지?」

　그날 밤 잠든 현이 옆에 누워 나는 휴대 전화로 미싱을 골랐다. 오버로크 미싱에 필요한 나일론 실도 담았다. 나는 결제 창을 눌렀다. 장바구니가 비워진 순간 얹힌 것이 내려가듯 시원해졌다. 나는 천장을 보며 숨을 크게 내쉬었다. 이틀 뒤면 오버로크 미싱이 올 것이다. 한 달 뒤에는 중국산 티 단추 기구가 오겠지. 내년에는 어쩌면 둘째가 태어날지도 모른다. 그때가 되면 현이는 걷고 뛰기도 할 것이다. 재단해 둔 옷들이 맞지 않을 만큼 커버리면 어쩌지? 갑자기 가슴이 답답해졌다. 나는 옆으로 돌아누웠다. 어둠 속에서 고롱고롱 소리를 내며 잠든 현이가 보였다. 나는 현이의 둥글고 따끈한 볼을 가만히 쓰다듬어 보았다. 무언가 잃어버린 것만 같지만, 그것이 무엇인지 알기까지는 꽤 오랜 시간이 걸릴 것 같았다.

21

아키라의 왕국

アキラ: 당신들을 이해할 수 없습니다.

アキラ: 왜 나를 공격합니까?

번역기를 돌린 게 분명한 문장이 게임 채팅 창에 연달아 올라온 순간, 나는 사건이 벌어질 거라는 사실을 예감했다. 나는 일본어로 된 닉네임을 눌러 그 유저의 개미집을 보러 갔다. 겨우 6레벨인 데다가 여왕개미도 작고 개미굴 확장도 많이 하지 않은 것을 보아 게임을 시작한 지 얼마 되지 않은 게 분명했다.

「여러분, 지금 채팅 창 봤습니까?」

아니나 다를까, 연합 채팅 창에 글이 올라왔다. 다음은 보지 않아도 뻔한 일이었다. 연합장이 공격 지시를 하자 몇몇 연합원은 개미 군단을 이끌고 그 유저를 털러 갔다.

그랬다. 우리 연합은 일본어로 된 닉네임만 보면 공격을 해댔다.

「저 일본 사람 아닌데요. 그냥 오타쿠예요.」

개중에는 이렇게 말하는 사람도 있었으나 달라지는 것은 없었다. 친일파 새끼라며 숙청당할 뿐이었다. 물론 개미굴이 짓밟혀도 꿋꿋하게 저항하는 사람들이 있기는 했다. 하지만 계속되는 공격에 자원을 약탈당하고 개미집을 수리하는 데 너무 많은 게임 머니가 들어가자 그들은 어느 순간부터 재건 의지를 잃고 텅 비어 버린 개미굴만 남긴 채 떠나갔다.

처음에는 그냥 개미를 키우는 게임인 줄로 알았다. 게임 제목도 〈앤츠 매니아〉이고, 〈귀엽고 강력한 개미들을 키우며 세력을 확장해 보세요!〉라는 게임 설명이 끝이었으니까. 게임 속에서 뭔가를 키우는 일에는 이골이 났지만 고양이도, 물고기도 아닌 개미를 키운다는 건 아무래도 신선했다. 게다가 그 게임은 다운로드 수도 엄청나고 출시된 지 오래되었는데도 모바일 게임 인기 순위 50위 안에 있어 묘한 기대감을 불러일으켰다. 그래서 머리나 식히려고 별생각 없이 다운로드받았을 뿐이다.

힐링을 기대하며 게임을 실행했지만 정작 내 눈앞에 보인 것은 실사에 가까울 만큼 사실적인 비주얼의 개미들이었다. 게임의 핵심은 커다란 여왕개미를 레벨 업하며 개미굴을 넓혀 가는 것이었다. 병정을 키워 자원을 채집하고 먹이 창고에 그것을 쌓아 놓는 일은 딱히 재미있지도, 보기에 귀엽지도 않았다. 못마땅했지만 일단은 튜토리얼에 따라 개미집을 확장하고 시스템이 추천한 연합 리스트 가운데 하나에 가입했다. 내가 가입한 건 〈애국 KOREA〉라는 이름의 연합이었다. 한국인은 어딜 가도 게임으로 지는 민족이 아니니까 한국인이 많은 연합에 가입하는 편이 유리할 것 같다는 단순한 생각에서 가입한 것이었다. 연합 가입 신청을 하는데 이런 공지가 눈에 띄었다.

한국인 유저만 가능. 대한 독립 만세!

연합에 가입하니 환영 인사가 쏟아졌다.

―암흑명검 님 환영합니다~
―연합 공지 사항 읽고 지켜 주세요.

—명검 형님 어서 오세욧!

—필요한 자원 있으면 언제든 이야기하세요~

그들은 뉴비인 내게 수많은 자원을 나누어 주고 병
정개미도 지원해 주었다. 궁금한 것을 물으면 운영자
인가 싶을 만큼 친절하게 알려 주기도 했다. 하지만
그 친절은 어디까지나 연합원에 한해서였다. 외부에
서 누군가 우리 연합원을 공격하면 접속해 있는 유저
들은 모두 달려들어 상대를 짓밟았다. 우리 연합은
의로움을 행하는 데 거리낌이 없었기에 연합원 숫자
도 나날이 늘었다. 연합에 헌신하는 유저들이 많자
연합 레벨은 빠르게 올라갔고 연합 규모가 커질수록
뉴비들에게 쏟아지는 자원의 규모도 점점 커졌다. 나
는 운 좋게 이 연합에 가입해 다른 이들보다 쉽게 레
벨 업을 할 수 있다는 게 마음에 들었다. 게다가 다른
유저들과 함께 다른 연합의 영토를 차지하고 그곳에
살던 개미들을 몰아낼 때마다 쾌감이 밀려왔다. 나는
틈만 나면 게임에 접속했고 정신 차려 보니 어느덧 연
합의 상위 랭커가 되어 있었다. 연합 내 랭킹 5위가
된 날, 연합장은 내게 〈부사관〉이라는 지위를 내렸다.
내가 이 게임에 돈을 쓰기 시작한 것도 그때부터였다.

우리 연합의 인기는 나날이 높아져 가입하고자 하는 유저들이 늘 대기할 정도였다. 어쩌다 자리가 비어 신입 연합원을 들일 때면 그들의 충성도와 접속도에 대한 의지를 시험한 후 선발했다. 우리의 이런 무력과 결속력은 서버 내에서도 소문이 났고, 그 소문에 기세가 등등해졌는지 연합장은 〈우리〉의 영역을 확장했다.

역사를 잊은 민족에게 미래는 없다!
☆반일 민족주의☆ 연합입니다.
일본 유저에게 약탈당하면 대신 복수해 드립니다!

어느 날 연합장은 이런 공지를 올렸다. 그 후 일본인(으로 추정되는) 유저가 한국인(으로 추정되는) 유저의 개미집을 침략하거나 약탈하면 바로 우리 연합에 제보가 들어왔다. 그때마다 연합장이 선봉에 섰고 그 유저의 개미집은 털리고 또 털렸다. 일본 유저 색출과 보복은 어느 순간 우리 연합의 정체성이 되어 버리고 말았다. 다른 한국 유저들에게 우리 연합은 영웅 취급당하며 보호 경찰 소리를 듣기도 했다. 처음에는 뭔 이런 또라이들이 다 있나 싶었지만 계속 지켜보고 있으니 웃기기도 하고, 지루한 레벨 업 과정에서 국뽕의 강렬한 쾌감이 약간의 자극이 되어 주기도 해서 어느새부터인가 나는 그냥 넋 놓고 즐기게 되었다.

연합장이 자신의 닉네임을 〈홍길동〉으로 바꾼 뒤부터는 일이 더 흥미진진해졌다. 닉네임 변경은 과금을 해야만 가능했기에 그 행위에는 분명한 목적이 있었다. 눈치챈 유저들은 하나둘 임꺽정, 장길산 같은 의적이나 독립투사들을 연상케 하는 닉네임으로 바꿨다. 그들의 말투는 늘 난세의 영웅처럼 비장했다.

「역사를 잊은 민족에게 미래란 없습니다. 동학 개미 만세! 대한 독립 만세!」

우리 연합은 이제 일본인(으로 추정되는) 유저들을 먼저 공격하기 시작했다. 독립 만세를 부르짖으며 침략과 약탈을 일삼았고 결국 우리 서버 내에서 일본인(으로 추정되는 유저)은 씨가 말랐다.

구현할 정의가 사라졌기에 심심해진 우리 연합원들은 나중에는 한국어일지라도 일본어를 연상시키는 단어만 들어가도 조졌다. 그래서 어떤 유저는 〈니코〉라는 닉네임을 〈너의코〉로 바꾸거나 〈기모찌〉를 〈기분〉으로 바꾸기도 했다. 짱구나 에반게리온, 피카

츄 같은 일본 캐릭터 닉네임도 숙청 대상이 되었기에 우리 서버에는 둘리나 하니, 뿌까, 펭수 같은 캐릭터 이름만 보였다.

그러던 중 우리 앞에 〈アキラ〉라는 군침 도는 닉네임의 유저가 나타난 것이다. 검색해 보니 빛이라는 뜻을 가진 단어로, 〈아키라〉라고 읽는 모양이었다. 이상하게 입에 착 붙는다 싶었는데 오래전 덕질하던 만화책에 나오던 조연 이름이었다. 아무튼 나는 아키라가 반가웠다. 게임이 지루해지려던 차에 신선한 자극이 되어 주었으니 그 얼마나 감사한 일이란 말인가.

홍길동: 우리 서버에서는 일본어 닉네임은 금지입니다. 다른 언어로 바꾸든지 간에 서버를 옮겨야 합니다.

연합장은 아키라에게 엄중히 경고했다. 하지만 아키라는 정말이지 기대를 저버리지 않았다.

アキラ: 왜 그래야 합니까? 싫습니다.

아키라의 발언으로 공격의 명분은 더 확고해졌다. 연합 내에 〈아키라 비대위〉가 생겼다. 그들은 하루에

세 번씩 아키라의 굴을 털었다. 아무리 꽁꽁 구석에 숨어 있어도 어떻게든 찾아내서 개미굴을 부쉈다. 그래도 아키라는 꿋꿋이 게임을 계속했다. 언제부터인가 아키라는 아예 대꾸도 하지 않았다.

—그 새끼 신경 쓰여 죽을 겁니다ㅋ

누군가 말했지만 신경 쓰여 죽는 건 우리 쪽이었다. 매일 그 새끼가 뭘 하고 있는지, 좌절했는지, 게임을 접을 것 같은지 관찰하고 다녔으니까.

연합장은 아키라가 우리를 우습게 보고 있다며 조금 더 강력히 규탄하여 아키라를 게임 밖으로 내몰거나 서버 이전을 선택할 수밖에 없도록 만들자고 했다. 우리는 아키라가 타 연합에 가입할 때마다 연합에 선전 포고를 해 아키라를 내쫓도록 했다. 회유가 되지 않을 경우에는 그 대가를 톡톡히 보여 주었다. 아키라를 받아 주는 곳은 이제 없었다. 아키라 비대위는 아키라의 개미굴 근처로 이사를 가 아키라의 개미집을 동그랗게 에워싸고 압박했다. 그리고 그 근처의 자원을 모두 선점했다. 아키라는 자원을 채집하기 위해 멀리까지 원정을 다녀와야 했고, 비대위원들은 아키라가 자리를 비우면 아키라의 개미굴을 공격해 댔다. 아키라는 방패 아이템으로 공격을 막으려 했지만 무료 아이템으로는 한계가 있었다. 그렇게 아키라는 완전히 고립되었다.

アキラ: 나는 학생입니다. 나는 돈이 없습니다.
アキラ: 당신들은 돈으로 힘을 샀습니다. 그리고 나를 괴롭힙니다. 왜입니까?
アキラ: 이제 그만하십시오. 멈춰.

그쯤 되니 나는 아키라가 불쌍하다 못해 대단해 보였다. 나 같으면 더럽고 치사해서라도 진작 게임을 삭제했을 것이다. 그런데 아키라는 끝까지 소신을 굽히지 않았다. 심지어 닉네임을 바꾸거나 개미집을 옮기는 수고조차 하지 않았다. 그게 연합장을 더 열받게 했다. 우리 연합원들은 계속해서 그의 개미굴 주위를 둘러싸고 그에게 욕설이 담긴 메시지를 보냈다. 하지만 아키라도 고집이 있었다. 자원을 모으지 않고 그걸 활용해 자신의 영역에 그림을 그리기 시작한 것이다. 죽은 무당벌레 껍질, 버려진 낙엽, 장수풍뎅이 뿔 등 개미들이 채집해 오는 곤충의 사체나 나뭇잎 등으로 땅 위에 정체를 알 수 없는 구조물을 만들었다. 그가 자원을 개미굴 안에 모으지 않자 우리는 약탈을 할 수가 없었다. 그래도 훼방은 놓아야겠기에 아키라가 만든 작품을 부수는 일이라도 해야 했는데 그건 자원을 하나하나 일일이 채집해야 했기 때문에 상당히 수고로운 일이었다. 게다가 아무리 부숴 놓아도 아키라는 계속 구조물을 만들었다.

홍길동: 아키라가 발악을 하네요ㅎ 이놈을 어쩌죠?

연합장은 채팅 창에 연합원들의 의사를 물었다. 그러다가 불똥이 갑자기 나에게 튀었다.

홍길동: 연합의 기둥이신 명검 형님이 따끔하게 한 번 이야기해 주시죠.

연합원들은 처음부터 나를 형님이라고 불렀다. 나는 형님은커녕 심지어 남자도 아니었지만 그 말을 굳이 정정한 적은 없었다. 닉네임을 〈암흑명검〉이라고 지은 보람이 있다고 생각했을 뿐이다. 그들은 우리 가운데 여자가 있다는 건 상상도 못 하는 것 같았다.

그러니까 닉네임을 〈그녀의젖은구멍〉, 〈여탕스텔스기〉 따위로 짓고도 아무렇지 않게 메시지를 주고받겠지.

처음부터 내가 그런 닉네임을 썼던 건 아니다. 오래전, 내가 처음 게임을 시작했을 때 내 닉네임은 이윤별이었다. 그건 내 본명이었고 4학년이던 나는 내 이름이 제법 자랑스러웠다. 하지만 그 이름으로 게임 속에서 내가 겪은 고충은 이만저만이 아니었다.

게임 속에서 〈윤별창년〉이라는 말을 듣고 그게 뭔지 포털 사이트에 검색해 본 그 아이는 그날 이후로 단 한 번도 〈이윤별〉을 닉네임으로 쓴 적이 없었다. 여자처럼 보이는 닉네임도 무조건 피했다. 게임 속에서 여자라는 사실이 좋았던 적은 한 번도 없었다. 아이템을 준다며 다가오는 사람들이 있기는 했지만 그들은 언제나 더한 것을 내게 기대했고, 어차피 시간이 지나면 그들이 주는 아이템쯤은 내 실력으로도 얼마든 구할 수 있었다. 고민이 있다며 음험한 채팅을 걸어오거나 카톡 아이디를 알려 달라는 사람도 있었다. 정중히 거절해 봐야 〈존나 튕긴다〉거나 〈겜하는 년들 중엔 정상인 년 없다〉는 욕이나 듣는 게 고작이었다. 제일 짜증 나는 건 내 실력에 대해 함부로 말하는 거였다. 게임을 못 하면 여자라서 그런다고 욕을 먹었고 게임을 잘하면 넷카마라고 의심받거나 외모에 대한 추측에 시달려야 했다.

— 이건 하루 종일 컴퓨터 앞에만 앉아 있는 오크 년의 실력이 분명하다.

편하게 게임을 즐기려면 차라리 남자가 되어 버리는 편이 더 나았다. 그러니 암흑명검은 대답했다.

암흑명검: 그럼 제가 한번 손봐 주고 오겠슴다ㅋ

그렇게 나는 소문으로만 듣던 아키라의 땅에 당도했다. 그곳에서 열심히 자원을 나르는 아키라의 개미들이 보였다. 아키라의 구조물은 소문으로 들었던 것보다 더 놀라웠다. 규모도 거대했고 제법 예술적이기까지 했다. 다양한 모양의 자원들이 조화롭게 배치되어 하나의 그림처럼 보였으며 미묘한 색감의 차이가 그러데이션 효과를 내기도 했다. 아키라의 개미 군단은 멈추지 않고 계속 행진했다. 껍질을 나르고 옮기고 점묘화를 완성하듯 하나하나 빈 공간을 채워 갔다.

그것은 게임이 아니라 명상에 가까워 보였다. 모래로 만다라를 그리는 수행자처럼, 아키라는 묵묵히 자신의 일을 계속했다. 나는 그에게 개인적으로 말을 걸었다.

암흑명검: 제가 산 닉네임 변경권을 드릴 테니 닉네임을 변경해 주실 수 있을까요? 그렇다면 아마 아무도 아키라 님을 괴롭히지 않을 겁니다. 바뀐 닉네임을 알려 주시면 저도 종종 자원을 지원하고 돕겠습니다.

나는 나름의 방식으로 문제를 해결해 보려고 했다. 돈을 써서 해결할 수 있다면 그게 제일 간단한 일이라고 생각했으니까. 하지만 나의 설득에도 아키라는 단호했다.

アキラ: 도대체 내가 왜 그래야 합니까?

그리고 아키라의 개미들은 하던 일을 계속했다. 멈추지 않고 묵묵히, 그리고 천천히. 나는 그의 신념을 꺾을 자신이 없었다. 아니, 그의 신념에 오히려 내가 조금 꺾이는 기분이었다. 나는 뭐라도 해야 할 것 같아서 그의 작품을 조금 부수고 돌아왔다.

암흑명검: 그냥 내버려두죠. 딱히 피해를 주는 것도 아니고 구석에서 혼자 뻘짓 하던데.

다녀와서 내가 한 말에 홍길동은 나의 충성심을 의심했다.

홍길동: 명검 형님…… 그건 안 될 일입니다. 초기 멤버이면서 어떻게 그런 말씀을? 우리 연합의 정체성이 무너지는 겁니다. 여태까지 내쫓긴 유저들은 다 뭐가 됩니까?

그들이 뭐가 되긴……. 나는 연합장의 열정이 좀 부담스러워졌다.

홍길동: 아키라 비대위를 더 뽑아서 풀로 가동하죠. 아무것도 만들지도 모으지도 못하게요.

연합장은 계속 아키라를 압박하고 또 압박했다. 아

키라 비대위 위원들은 끝내 아키라의 입을 여는 것에 성공했다. 아키라는 서버 전체 채팅 창에 자신의 억울함을 토로했다. 자동 번역된 아키라의 언어는 우리를 자극하기에 충분했다.

　アキラ: 애국 KOREA 연합이 비겁하게 나를 괴롭힙니다.
　アキラ: 애국 KOREA 연합은 공격을 멈추기를 요구한다.

아키라 비대위는 승리에 도취되었다. 그리고 일본이 우리에게 한 짓을 열거하며 계속 욕을 퍼부었다. 조금만 더 하면 아키라는 케이오할 것이 분명했다. 하지만 문제는 따로 있었다.

　天下無雙: 그만 좀 해라.

누군가 끼어들었다. 그런데 그 유저의 닉네임이 놀랍도록 현란했다. 왕관 모양의 특수 장식과 금빛 프레임으로 번쩍인 것이다. 서버 1위 연합인 WOW의 연합장이었다. 天下無雙은 서버 황제로 군림하고 있는 중국인이었는데 호전적인 성격으로 다른 서버에서도 유명했다. 연합장의 말이 끝나자 아키라를 옹호하는 채팅들이 올라왔다. 우리 서버에는 중국인, 태국인, 러시아인 들이 대부분이었는데 그들은 다채로운 언어로 한국인 유저에 대한 성토 대회를 하기 시작했다. 그건 아무도 예상하지 못한 부분이었다. 하지만 그보다 더 놀라운 일은 따로 있었다.

天下無雙: 너 우리 연합에 가입해.

아키라를 WOW의 연합원으로 받아들인 것이다. 홍길동은 말이 없었다. 상위 5위권 안의 연합들은 서로 불가침 조약을 맺었다. 연합원들끼리는 서로 침략하지 않는다는. 실수라도 불가침 연합을 건드리게 되면 일이 커졌다. 연합장이 공식으로 나서서 사죄를 하고 그에 상응하는 보상을 해야 했다. 게다가 WOW 연합은 서버 1위의 다국적 연합이었다. 잘못 공격했다가는 우리 연합이 역으로 털리는 것은 시간문제였다. 아무리 아키라가 우리 근처를 알짱거려도 우리에게는 치외 법권이나 다름없던 것이다.

아키라 비대위 내부에서도 슬슬 그만하자는 이야

기가 나왔다. 똥이 무서워서 피하는 게 아니라면서 슬슬 꽁지를 뺐다. 하지만 홍길동은 이대로 있을 수 없다며 WOW 연합장에게 메시지를 보냈다. 아키라를 연합에서 내쫓으라고 단호히 경고했다고 말은 했지만 누가 봐도 읍소하는 것에 가까웠으리라. 더 씁쓸한 사실은 WOW 연합장에게서 온 답변이 다음과 같았다는 것이다.

天下無雙: 우리 연합원을 공격한다면 우리 연합을 공격하는 행위야.
天下無雙: 죽고 싶어?

기세가 등등해진 아키라는 WOW 연합의 이름을 당당히 자신의 닉네임 위에 달고 채팅 창에 이렇게 글을 썼다.

アキラ: 강자 앞에서는 약하고 약자 앞에서만 강한 겁쟁이 집단.

이대로 내버려둘 거냐고 누군가 물었고, 그날 밤 이런 공지가 올라왔다.

우리의 주적인 아키라가 서버 1위인 WOW 연합에 붙었습니다. WOW 연합에서는 아키라를 비호하고 있습니다. WOW 연합장은 무력으로 군림하며 서버의 규칙을 자신 마음대로 정했습니다. 연합 불가침 조약은 자칫 평화를 위한 것처럼 보이지만 사실은 자신이 패권을 계속 유지하겠다는 뜻 아닙니까? 협정이란 강자들의 약속이며 자유 전쟁을 억압하는 그들의 행위는 평화가 아닌 폭력에 불과합니다.

WOW 연합의 독재와 연합장의 횡포를 더 이상 지켜볼 수만은 없습니다. 앞으로 일주일 뒤 벌어지는 연합전에서 서버를 먹으려 합니다. 현재 우리 연합은 서버 내 랭킹 4위입니다. 1위, 불가능하지 않습니다. 앞으로 연합 기여도가 낮은 연합원들을 퇴출합니다. 하루라도 로그인을 하지 않으면 누구라도 강퇴입니다. 그 자리에는 전투력이 높은 한국인들을 영입할 예정입니다. 연합 창고에 자원을 기부하여 기여도를 높이시길 바랍니다. 또한 특수 부대 패키지를 구매할 것을 권합니다. 플레이 시간에 따라 포인트 주는 이벤트를 하고 있으니까 서브 폰을 활용해 잘 때도 돌리세요. 서브 아이디를 아직도 안 만든 회원들이 있는 걸 알고 있습니다. 서브 아이디가 있어야 안정적으로 창고를 확보할 수 있다는 점 잊지 마시길 바랍니다. 우리는 더 큰 힘으로 정의를 지켜야 합니다.

아키라 비대위는 연합전 비대위로 바뀌었다. 비대위는 세 파트로 나뉘었다. 외교 부대는 다른 연합과 협정을 맺고 상위 랭크 한국인 유저들을 포섭하는 역할을 맡았다. 댓글 부대는 아키라와 WOW 연합을 매도하고 여론을 선동하는 역할을 맡았다. 마지막으로 압살 부대는 불특정 다수의 개미굴을 털러 다니며 우리의 힘을 과시하고 공포 분위기를 내기로 했다.

연합장의 프로필 사진이 웃통을 깐 근육질 남자로 바뀐 것은 그 무렵이었다. 손톱만 한 작은 프로필 창인데다가 사진을 확대할 수도 없었기에 그것이 본인인지는 알 수 없었으나, 상대에게 겁을 주고 싶은 의도만은 분명히 느껴졌다.

연합전 비상 대책 위원회를 소집합니다. 게임 내에서 소통하는 것에는 한계가 있으니 아직 단톡방에 가입하지 않은 연합원님들은 반드시 가입해 주시기 바랍니다.

어느 날 게임 우편함에 메신저 채팅방 링크와 함께 이런 초대 메시지가 왔다. 일이 커지는 것 같아 조금 고민했지만 익명 채팅방이라 일단은 들어갔다.

—암흑명검 님 드디어 오셨네요! 든든합니다!
—레드 카펫 깔아 놨습니다. 명검 형님~^^

연합원들은 비장하게 회의를 시작했다. 골자는 보이스 챗을 적극 활용해서 연합전을 승리로 이끌자는 것이었다. 보이스 챗이라니……. 아무리 목소리를 변조해 보아도 40대 남성으로는 들릴 것 같지가 않았다.

암흑명검: 아, 제가 컴맹이라서 ^^;; 잘 못합니다. 마이크도 없습니다.
홍길동: 그냥 휴대폰으로 하셔도 됩니다ㅎ

나는 한참 뒤에 대꾸했다.

암흑명검: 셋째가 젖먹이라서 소리 냄 안 됩니다 ^^;
홍길동: 명검 형님, 지금 사안이 매우 심각합니다. 하루만 시간 내는 게 어려우신가요?

홍길동: 지금 연합전에 진심이긴 하신 거죠? 저는 명검 형님 의지했는데, 좀 실망입니다.

더 이상 피할 수는 없었다. 어쩔 수 없이 나는 소신 발언을 했다.

암흑명검: 사실 연합전도 좋고 다 좋은데 꼭 보이스 챗을 해야 한다거나, 매일 접속을 해야 한다거나…… 너무 강압적인 방식으로 하는 건 우려됩니다.
홍길동: 강압적이라뇨? 말이 심하시네요. 우리가 아키라 때문에 어떤 꼴을 당했는지 다 알고 계시는 분이.

하지만 다행히도 연합원 몇 명이 내 편을 들었다.

그녀의젖은구멍: 사실 좀 빡세긴 합니다; 저희도 현생이 있는 사람들인데 게임만 할 수는 없잖아요.
걱정임걱정: 그리고 무력을 강화하려고 외국인 유저들을 영입하면 한국인 연합이라는 우리의 최초 정체성이 흔들리는 것 아닌가요?

연합원들의 말에 나는 용기가 생겼다.

암흑명검: 연합의 자존심도 중요하지만 게임은 즐거우려고 하는 건데, 이렇게 괴롭게 느껴지면 안 된다고 생각합니다.

홍길동: 적당히 즐겁게 할 거면 전쟁 게임을 왜 합니까? 어차피 이기려고 하는 거잖아요.

암흑명검: 아키라에 대한 반응도 사실 너무 과하다고 생각합니다. 이제는 정의 구현보다 약자를 괴롭히는 걸로밖에 안 보여요.

홍길동: 약하면 당해야죠. 억울하면 강해지든지.

암흑명검: 그건 홍길동 님이 말하던 연합의 정체성과 정반대인 것 같은데요.

잠시 말이 없던 연합장이 이렇게 물어 왔다.

홍길동: 암흑명검 님, 혹시 보이스 챗을 피하는 이유가 따로 있으신가요?

암흑명검: 이유라뇨?

홍길동: 전부터 자꾸 피하시는 거 보니까 의심스러워서요. 혹시 여자분이신가 해서 ㅎ

내가 뭐라고 대꾸하기 전에 홍길동이 다시 말했다.

홍길동: 솔직하게 말하셔도 됩니다.

암흑명검: 그게 지금 왜 중요합니까?

홍길동: 신뢰 문제니까 중요하죠. 지금 휴대폰으로 한 문장만 녹음해서 보내 주실 수 있나요?

홍길동: 못 하죠? ㅎ

모두 나의 반응을 기다리고 있었다.

암흑명검: 왜 굳이 그런 말에 반응해야 하는지 모르겠습니다.

홍길동: 아……

연합장은 알 수 없는 반응을 했다.

홍길동: 여자분이시면 그렇게 생각하는 것도 이해는 됩니다 ㅎ

암흑명검: 지금 그런 게 왜 중요한가요? 본질을 왜 곡하지 마세요.

홍길동: 흠, 예민하시네요. 아니 왜 좋게 말을 해도

화를 내는지; 아무튼 명검 님은 연합전에 관심 없으신 걸로 알겠습니다. 그동안 정이 있긴 하지만 저희는 이번 연합에 진심이라서요. 빠져 주시면 좋겠는데요.

나는 황당했다. 그동안 나를 따르고 함께 웃던 유저들이 아무 말도 없다는 게 더 화가 났다. 이 게임에 바친 시간과 노력까지 모두 아무 의미 없는 일로 여겨졌다.

암흑명검: 그래요. 그동안 즐거웠습니다.
홍길동: 네~ 나가세요. 진짜만 남으시고요.

그렇게 나는 1년 반을 몸담은 애국 KOREA 연합에서 탈퇴하게 되었다. 탈퇴한 후 나와 친하게 지냈던 몇몇 연합원이 내게 메시지를 보냈다. 나를 응원하고 걱정하는 내용이었다. 하지만 나는 그런 말조차 진심으로 받아들일 수 없게 된 것이 괴로울 뿐이었다. 나는 아무 연합에도 소속되지 않은 채 혼자 플레이를 했다. 전처럼 재미있지는 않았지만 이상하게 마음은 편안했다.

그사이 연합전이 벌어졌다. 결과는 애국 KOREA
의 패배였다. 연합장인 홍길동은 연합전 패배의 책임
을 지고 캐릭터를 삭제했다. 그렇게 말은 했지만 사
실 쪽팔려서 도망간 게 분명하다. 애국 KOREA 연합
은 그날 이후 매국 KOREA 연합으로 이름이 바뀌었
고 새 연합장은 〈홍길동〉이 되었다. 이제 이 게임도
그만할 때가 됐지. 나는 생각했다. 하지만 게임을 그
만두기 전에 확인하고 싶은 것이 딱 하나 있었다.

〈아키라는 그래서 어떻게 되었을까.〉

나는 지도 구석구석을 돌아다니며 아키라를 찾았
다. 아키라의 개미굴은 여전히 자원이 부족하고 황폐
한 땅에 있었다. 자세히 들여다보자 아키라의 닉네임
위에 연합 이름이 보이지 않았다. WOW 연합은 도대
체 왜 탈퇴했을까? 신기한 건 아키라가 아직도 무언
가를 만들고 있었다는 점이었다. 아키라의 작은 개미
들은 분주히 움직이며 부서지기 쉽고 아름다운, 정체
를 알 수 없는 구조물을 만들고 있었다. 나뭇잎, 곤충
껍질, 돌, 나뭇가지 등을 얼기설기 놓아 만든 구조물
은 단순한 그림 이상의 것이었다. 완벽하지는 않았지
만 조화로웠고, 죽은 것으로 만들었으나 생명력이 느

껴졌다. 수백, 수천 마리의 개미들이 수백, 수천 번을 오가며 만들었을 그 거대한 구조물을 보며 나는 압도적인 평온함을 느꼈다.

그것이 아키라가 만든 세계였다. 무엇도 부수거나 죽이지 않고 오로지 그만이 만들어 낼 수 있는 고요한 승리였다.

문득 나는 그것의 한 곳이 비어 보인다는 사실을 알았다. 붉은 딱정벌레 껍질이 부족해 붉은 동그라미가 허전해 보였다. 나는 인벤토리에 있는 붉은 딱정벌레 껍질을 아키라에게 건네려다가, 문득 그가 내 닉네임을 알고 있다는 사실을 깨달았다. 나는 아키라에게 주려고 샀던 닉네임 변경권으로 닉네임을 바꿨다.

이한별: 이거 쓰세요.

나는 아키라 앞에 붉은 딱정벌레 껍질을 내려놓았다. 아키라의 개미는 내 앞으로 기어와 이렇게 말했다.

アキラ: 고맙습니다.

아키라는 다시 빈 곳을 채워 갔다. 천천히, 그리고

느리게. 그 모습을 지켜보면서 나는 이 게임을 조금
더 하고 싶어졌다.

22
아내의 개

아내는 불만이 많은 여자였다. 아내는 내가 회식을 자제하기를, 일을 마치면 빨리 집에 돌아와 청소하기를, 게임할 시간에 아이와 함께 놀아 주기를 바랐다. 아이가 한 살이 될 때까지는 그래도 그러려니 했다. 산후 우울증 같은 이야기를 들어 본 적 없는 것도 아니고. 하지만 이후에도 아내의 잔소리는 줄어드는 법이 없었다. 빨래를 개어 놓으면 대충 둘둘 말아 놓았다고 신경질을 냈고, 칭얼대는 아이에게 애니메이션을 틀어 주면 무슨 짓이냐며 화를 냈다. 나는 내 시간을 쪼개 헌신하는데 아내는 늘 외롭다며 징징거렸다.

「개라도 키우는 게 어때? 현이한테도 좋을 텐데.」

그냥 해본 말이었는데 아내는 다음 날 유기견 보호소에서 개 한 마리를 데려왔다. 데려오려거든 좀 작고 예쁜 걸 데려올 것이지 종도 알 수 없는 별 희한한 누런 개를 데려왔다. 그 개는 털을 풀풀 날렸고, 나는 개 때문에 집에 들어오는 것이 더 싫어졌다.

하지만 어느 날부터인가 아내가 달라졌다. 장난감으로 엉망이던 집 안은 깨끗하게 정리되어 있었고, 내가 좋아하는 부대찌개에 제육볶음까지 한 상 떡 벌어지게 차려 두기까지 했다.

「힘들지? 오늘은 아무것도 하지 말고 그냥 들어가서 당신 하고 싶은 거 해. 그동안 통 못 쉬었잖아.」

식사를 마치고 아내가 그렇게 말했을 때, 나는 아내가 나를 시험하는 것은 아닌가 하는 생각이 들었다. 혹시 회식 핑계로 친구들을 만나 종종 한잔한다는 사실을 알아챈 것일까? 나는 아내를 넌지시 떠봤다.

「무슨 일 있어?」

「무슨 일은.」

아내는 그렇게 말하고 콧노래를 불렀다. 몇 개 되지도 않는 단어로 짜증을 내던 현이도 그날따라 혼자서 조용히 자동차를 가지고 놀았다. 얼떨떨했지만 간만에 찾아온 온전한 자유는 정말 달콤했다. 나는 방에 들어가 모처럼 컴퓨터를 켜고 게임을 했다. 오래

간만에 접속해서인지 알은체를 하는 사람도 이제 거의 남아 있지 않았다. 하지만 그런 게 다 무슨 상관이란 말인가. 나는 상사의 얼굴을 떠올리며 총질을 해댔고, 평소보다 두 시간이나 늦게 침대에 누웠다. 향긋한 냄새가 나는 퀸 사이즈 침대에 대자로 몸을 뻗고 누우니 호텔이라도 온 것처럼 기분이 좋았다. 나는 슬슬 아내와 방을 합칠까 생각했다. 이제는 현이도 제법 커서 밤에 잘 안 깨니까…….

그 이후로 아내는 쭉 그런 상태였다. 퇴근할 무렵이면 언제나 기분이 좋아 보였고, 나에게 아무것도 하지 말고 그냥 쉬라고 했다. 대화를 하자며 피곤하게 붙들고 늘어지는 일도 없었다. 나는 그런 생활이 만족스러웠다. 회사에서 뭉그적거리는 일도 줄었다. 마음이 편해서일까? 일도 전보다 더 잘 풀렸다. 내가 담당한 프로젝트가 전례 없이 좋은 성과를 냈고 나는 회식 자리에서 모두의 축하를 받았다. 그날 모두가 나를 붙잡았지만, 나는 가족들이 집에서 기다린다며 먼저 자리에서 일어났다. 가는 길에는 치킨 한 마리까지 샀다. 아내와 맥주라도 한잔하면서 오래간만에 이야기를 나눌 생각이었다. 그러고 보니 섹스를 하지 않은 지도 꽤 된 것 같았다. 집에 들어섰을 때, 아내는 아이를 재우는 중이었다. 조용히 기다리라는 아내의 손짓에 나는 양복도 벗지 않은 채 침대에 누워 히죽거리다가 그만 그대로 잠이 들어 버렸다.

얼마나 지났을까? 잠결에 나는 아내의 웃음소리를 들었다. 처음에는 전화하는 줄 알았다. 하지만 아니었다. 누군가와 대화를 하고 있기는 한데, 그 상대의 목소리까지 들린 것이다. 목소리의 주인공은 남자였다. 벌컥 방문을 열고 거실에 나가자 아내는 화들짝 놀라며 뒤를 돌았다.

「자기, 자는 거 아니었어?」

「당신 누구랑 얘기하고 있었던 거야?」

아내는 우물쭈물했다. 나는 거실을 뒤졌다. 커튼 뒤를 들추고 베란다도 열어 봤다.

「어디 숨긴 거야. 제대로 말해.」

아내가 데려온 개새끼가 눈치도 없이 꼬리를 살랑거리며 나를 따라다녔다.

「당장 말 못 해? 정신 있어? 어떻게 남편이 있는 집에 남자를 들이느냐고! 당신 요즘 수상했던 게 그것 때문이었어?」

「자기야, 그게 아니야. 남자 아니라고.」

「무슨 소리야. 남자 목소리를 분명히 들었는데!」

그때였다. 내 앞에 서 있던 개, 이름이 포키든가 호키든가 하는 그놈이 말했다.

「시끄럽게 하지 마세요. 현이가 깹니다.」

나는 내 귀를 의심했다.

「뭐, 뭐? 지금 이게 무슨…….」

나는 뒷걸음질 쳤다. 그러자 포키인가 호키인가 하는 그 녀석이 나에게 다가오며 말했다.

「저와 대화한 겁니다. 묘선 씨는요.」

「지금 개가 말한 거 맞지?」

나는 화내던 것도 잊고 아내에게 물었다.

「말을 할 줄 알더라고.」

아내의 대답은 간단했다.

「이게 그렇게 가볍게 말할 일이야? 개가 사람 말을 한다고! 이거 어디 제보해야 하는 거 아냐? 저 개를 팔면 떼돈을 벌지도 몰라!」

「안 돼!」

아내가 외쳤다.

「그렇게 되면 푸키가 위험해질지도 몰라. 그러지 마. 푸키는 이제 우리 집에 없어서는 안 될 존재야. 이 일은, 그러니까 자기도 비밀로 해줘.」

푸키라는 놈이 납작 엎드리면서 정중하게도 말했다.

「부탁합니다.」

이게 무슨 환장할 노릇인가. 말문이 막힌 내게 아내가 다가와 말했다.

「그동안 푸키가 현이와 놀아 줘서 내가 요리도 하고 운동도 다녔던 거야. 푸키가 도와줘서 집 안도 깨끗했던 거고. 푸키가 걸레질을 얼마나 잘하는데. 푸키, 보여 줘.」

푸키란 놈은 물티슈를 입으로 뽑아 두 다리로 쭉쭉 밀어 보였다.

「하지만 저 자식 사람처럼 굴잖아. 사람도 아니면서. 저런 게 내 집에 있다는 게 소름이 끼친다고.」

「자기는 그동안 내가 외롭다며 징징대는 게 힘들다고 했잖아. 난 이제 안 외로워. 자기도 이제 마음껏 게임을 할 수 있게 되었잖아. 좋지 않았어?」

그건 사실이었기에 나는 대답 대신 푸키란 놈을 물끄러미 보았다. 녀석은 자신의 위치를 알고 있는 듯 고개를 숙인 채 내 결정만 기다렸다. 그렇게 상황을 파악하는 눈치가 있다는 게 또 열받았다.

「일단 출근해야 하니까, 내일 다시 얘기해.」

나는 놀란 얼굴을 씻고 자리에 누웠다. 잠이 들락 말락 할 무렵 거실에서 그것들이 속삭이는 소리가 들렸다. 젠장······.

―그냥 공짜 시터라고 생각해.

다음 날 아내의 문자에 마음이 조금 누그러졌다.
그렇다. 돈 주고도 살 수 없는 보조 양육자를 구한 것
이나 다름없었다. 게다가 그 양육자는 월급도 안 받았
다. 먹이고 재워 주기만 하면 그만이었다. 그 개가 집
에 들어온 이후 우리 삶이 윤택해진 것도 사실이었고.
「있잖아, 나 요즘 좀 사람처럼 사는 것 같아.」
배시시 웃는 아내의 얼굴을 보면 이대로도 나쁘지
않겠다는 생각이 들었다. 하지만 그 개새끼는 선을
넘었다. 그것도 아주 세게.

아내가 외출한 날, 나는 아내의 생일 선물로 꽃을
주문했다. 전화 통화를 마치자 옆에서 잠든 줄 알았
던 푸키란 놈이 부스스 일어났다.
「묘선 씨는 꽃을 안 좋아해요.」
어이가 없었다.
「아니, 묘선인 꽃을 좋아해. 내가 줄 때마다 소리를
지르며 기뻐한다고.」

푸힝! 개가 재채기하는 것 같은 소리를 내며 웃자 그 자식의 콧물인지 침인지 모를 게 무릎에 튀었다. 그게 끝이 아니었다. 그 자식은 번들거리고 촉촉한 코를 할짝대더니 이렇게 말했다.

「묘선 씨야 뭘 줘도 소스라치게 기뻐할 사람이죠.」

건방진 개새끼. 내가 벌어 오는 돈으로 고급 사료 처먹는 주제에.

「묘선 씨는 최근 상장한 D 주식에 관심이 많던데, 그걸 선물해 주면 어떨까요? 요즘은 앱으로도 간단히 주식을 주고받을 수 있지 않습니까?」

「묘선이가 주식을 해?」

「아, 이런…… 방금 건 못 들은 걸로 해주시죠.」

아내를 봐서 참아 주려 했는데, 도저히 안 될 일이었다. 나는 산책시켜 준다는 핑계로 그 개를 데리고 나와 먼 곳에 내다 버리고 왔다. 택시를 타자 그 개새끼는 사이드 미러에 까만 점처럼 맺히다가 사라졌다.

「푸키가 갑자기 날뛰더니 사라졌어.」

아내는 그 자리에 주저앉았다.

「푸키가 사라졌다고? 그럴 리가 없어.」

뭘 안다고 옆에서 현이가 울면서 떼를 썼다. 뿌끼…… 뿌끼……. 아내도 같이 울었다.

「그 개새끼가 도대체 뭔데. 도대체 뭔데 그렇게까지 우느냐고.」

아내는 나에게 소리를 질러 댔다.

「당신은 나한테서 그것까지 빼앗아 가야만 했어? 내 유일한 위안까지?」

「내가 빼앗긴 뭘 빼앗아? 그리고 왜 그 개가 당신의 유일한 위안인데? 왜 고작 그 개새끼가 당신의 위안이어야 하느냐고!」

나는 그렇게 외치고 방으로 들어와 문을 쾅 닫았다. 소란스러운 밤이었지만 마음만은 후련했다. 이제 모든 게 제자리로 돌아온 거라고 생각했다. 그날 밤, 초인종이 울리기 전까지만 해도 말이다.

「이 집 앞에서 낑낑거리던데, 혹시 이 집 개인가요?」

문을 열자 옆집 여자가 푸키를 안고 있었다. 아내는 기뻐하며 푸키를 끌어안았다.

「이 일은 묘선 씨에게는 말하지 않겠습니다. 무척 속상해할 테니까요. 그냥 제가 길을 잃어버린 것으로 하죠.」

아내가 씻으러 간 사이, 개가 봐준다는 듯 말했다.

「네까짓 게 뭔데 위하는 척이야?」

「가족이죠.」

「가족이라고? 네가? 가족이 뭔 줄 알기나 해?」

「서로 사랑하고 아끼는 게 가족이죠. 저는 묘선 씨를 그 누구보다도 사랑합니다.」

「사랑? 사랑이라고 했어, 지금?」

「저는 묘선 씨의 이야기를 듣는 게 즐겁습니다. 묘선 씨와 함께하는 시간도 행복하고요. 현이도 똑같이 사랑하고 있습니다. 묘선 씨가 행복할 수만 있다면 뭐든지 할 겁니다. 묘선 씨를 위해 저는 그 좋아하던 똥도 끊은 개입니다. 그러니까 더는 묘선 씨를 울리지 마세요.」

「네가 뭔데? 네가 묘선이를 위해 뭘 할 수 있는데?」

「당신이 하는 건 다 할 수 있죠.」

「네가 가족을 부양할 수 있어? 나가서 돈을 벌어 올 수 있기나 하느냐고.」

그러자 푸키란 놈은 다시 푸힝, 하고 콧김을 내뿜더니 말했다.

「내가 집에 있으면, 묘선 씨가 그걸 못 할 것 같아요?」

나는 샤워를 마치고 나온 아내를 방으로 데려가 말했다.

「제발 저 개를 없애 줘. 저 개가 내 자리를 위협하고 있어. 저 개새끼가.」

「자기 미친 거 아니야? 푸키가 왜 당신 자리를 위협해. 위협한다고 쳐도 그게 위협이나 돼?」

「저 주제도 모르는 미친 개새끼가…….」

아내는 수건으로 머리를 말리며 눈을 흘겼다.

「조용히 해. 푸키가 듣잖아.」

「지금 저 개새끼 걱정하는 거야?」

「그래. 푸키도 다 듣고 다 알아. 다 느낀다고. 감정이 있어.」

「나도, 나도 감정이 있어!」

아내는 멍한 눈으로 나를 봤다. 나는 아내의 손을 잡고 말했다.

「나도 육아 휴직 쓰고 싶었어. 당신과 현이를 최선을 다해 돌보고 싶었다고. 하지만 말했잖아. 나는 회사에 다녀야 한다고. 우리 가족을 먹여 살려야 하고.」

「가족 핑계 대지 마. 비겁해.」

「여보!」

아내는 화장대에 앉아 한동안 머리를 말리더니 헤어드라이어를 끄고 말했다.

「그나저나 오늘은 왜 게임 안 해? 당신 좋아하잖아, 그거.」

게임을 하는 동안 거실에서는 그것들이 웃는 소리가 들려왔다. 나는 게임을 하다 말고 슬그머니 나와 훔쳐봤다. 개는 내 아내의 볼을 핥았고 내 아이와 공놀이를 했다.

「우린 이제 잘게.」

아내는 그렇게 말하고 아이 방에 들어갔다. 그 개새끼도 꾸벅, 인간처럼 고개를 까딱하더니 따라 들어갔다. 방문이 닫혔다. 안에서 깔깔거리는 소리가 새어 나왔다. 도대체 무슨 이야기를 하고 있는 걸까? 혹시 내 욕을 하는 건 아니겠지. 나는 방문 앞에 웅크려 쫑긋, 귀를 기울였다.

23

고통의 역치

담임 교사의 얼굴은 하얗게 질려 있었다.

「잘 본다고 봤는데, 기저귀를 갈러 간 사이에…….」

나는 〈괜찮아요〉라고 말했다. 하지만 내 자식 팔뚝을 시뻘겋다 못해 퍼렇게 만들어 버린 이빨 자국에서 눈을 뗄 수가 없었다. 사람의 것을 〈이〉라고 한다지만 그건 〈이빨〉이었다. 이렇게까지 물리다니, 말도 못 하는 애가 얼마나 울었을까.

어느 집 자식이지.

나는 범인이 궁금했다. 하지만 선생은 어떤 아이라고 특정 짓지 않았다. 한 아이의 탓으로 넘기며 책임을 회피하지 않으려는 선생의 진정성이 느껴졌다. 나는 그녀가 좋은 교사라고 생각했다. 그래서 더 이상 묻지 않았다. 나도 좋은 엄마가 되고 싶었기 때문이다.

돌아오는 길에 나는 남편에게 사진을 보냈다.

─현이가 이렇게 물려서 왔어.

남편에게는 세 시간 뒤 답장이 왔다.

─헐…… 심하네. 진짜 아팠겠다.
─도대체 누굴까?

한 시간 뒤에 또 이런 답장이 왔다.

─그게 뭐가 중요하겠어. 애들 일인데.

나는 휴대폰을 뒤집어 두고 현이에게 퓌레를 떠먹였다.
그렇지. 애들 일인데.
나는 혀를 날름거리는 현이를 보며 속으로 비아냥거렸다. 남편은 진실을 말하지 않으면 누가 주둥이를 때릴 것처럼 구는데, 나는 가끔 그런 게 질릴 만큼 싫었다. 전에 같은 반 소진 엄마에게 아이 옷을 물려받았을 때도 그랬다.

「좋은 옷을 너무 많이 받았는데, 어떻게 보답해야 할지 모르겠어.」

하루를 꼬박 고민하다가 말했을 때, 남편은 이렇게 대답했다.

「그냥 커피 기프티콘 하나 보내.」

「그 정도 양이 아니야. 좋은 브랜드에다가 상태도 좋단 말이야.」

「그럼 두 개 보내.」

「커피는 성의가 없어 보이잖아.」

남편은 한숨을 내쉬었다.

「정 그러면 상품권을 주든가.」

「상품권은 얼마를 줘야 하는 거지?」

「사실 나는 그런 거 잘 모르겠어…….」

「나라고 이런 걸 잘 알아서 그래? 소진 엄마는 둘째고, 나는 첫째잖아. 적당히 했다가 서운하면 어떻게 해. 어린이집 최소 몇 년은 같이 다닐 건데.」

「맘 카페 같은 데 물어보는 게 낫지 않아? 자기 사촌 언니나.」

「그냥 고민이 되는 이야기를 같이하자는 거야. 헌 이 옷 안 사도 되니까 자기도 고맙잖아.」

남편은 숟가락을 내려놓고 말했다.

「여보, 나 오늘 야근해서 좀 피곤하네.」

「나도 오늘 피곤했어.」

나는 대답했다. 남편은 한참 침묵하더니 웃으며 말했다.

「그래, 그럼 밤에 다시 얘기하자.」

하지만 아이를 재우고 오니 남편은 이미 잠들어 있었다.

나는 새벽에 맥주를 한 캔 따고 추리를 시작했다. 반에는 총 여섯 명의 아이들이 있다. 3시 반까지 있는 아이들이 셋, 12시 반에 하원하는 아이가 우리 현이를 포함해서 둘, 가끔씩 나왔다가 안 나왔다가 하는 아이가 하나다. 나와 같이 12시 반에 아이를 하원시키는 소진 엄마와는 집에 가는 시간이 똑같아 자주 마주친다. 나는 소진이는 일단 용의선상에서 제외했다. 소진 엄마와 육아 고민을 자주 나누는데, 한 번도 소진 엄마 입에서 아이가 문다는 소리를 들은 적이 없으니까. 그날 가끔 나오는 준우는 안 나왔다. 그러니까 3시 반에 하원하는 세 아이 중 하나일 텐데. 나는 선미가 유력하다고 생각했다. 현이가 할 줄 아는 몇 안 되는 단어 가운데 하나가 선미이기 때문이다. 담임 선생님이 같아서인지 현이는 선미와 유독 함께 있는 사진이 많았다. 자주 어울리니 그만큼 물릴 가능성도 크지 않을까? 하지만 그날도 현이는 선미, 선미라고 말하며 웃었다. 아무리 아이라도 그날 자신을 아프게 한 사람의 이름을 웃으며 말하지는 않을 것 같은데. 그렇다면 단체 사진 찍을 때 언제나 현이와 가장 멀리 앉아 있던 진윤이라는 아이는 아닐까? 담임 교사가 그 둘을 멀리 떼어 놓아야 한다고 판단했던 이유가 있었는지도. 어쩌면 과하게 활동적이라 사진 속에서도 잔상이 자주 남는 훈정이라는 아이일 수도 있었다. 에너지를 분출하지 못해 그만 옆에 있던 아이를 콱 물어 버릴 수도 있지. 그것이 아이들이니 말이다.

나는 맥주를 내려놨다. 머리가 아팠다. 그만 생각해야지, 하니까 자꾸만 더 생각이 났다. 우울해졌다. 내 아이의 멍 자국 때문에, 그것이 그리 큰일이 아닌 남편 때문에, 그리고 그것이 이토록 큰일인 나 때문에.

「앞으로 더 많이 아프고 힘들 거예요.」

나는 문득 도연 씨가 한 말이 떠올랐다.

「임산부 앞에서 왜 그런 악담을 해. 좋은 말을 해줘야지.」

그녀의 남편은 대놓고 핀잔을 주었지만 그녀는 아

랑곳하지 않았다.

「악담이 아니라 진실이야. 우리는 반드시 그것을 알아야만 한다고.」

내가 만삭이었을 때의 일이다. 남편의 상사 집에 초대받은 적이 있었다. 배달시킨 요리라 미안하다고 했지만 그날 저녁 식사의 플레이팅은 완벽했다. 내가 그릇에 관심을 보이자 도연 씨는 환하게 웃으며 말했다.

「남편이 주재원으로 있던 곳에서 산 그릇이에요. 들고 온 보람이 있네요.」

「한국 들어올 때 그 무거운 걸 다 싸 가지고 왔다니까. 와서 새로 사면 될걸.」

그녀의 남편이 볼멘소리를 냈다. 도연 씨는 내 접시에 음식을 덜어 주며 말했다.

「레오나르도 다빈치는 식사가 단순히 먹는 일이 아니라 예술이라고 생각했대요. 그렇게 따지면 그릇은 액자 같지 않아요? 담긴 접시에 따라 같은 음식도 분위기가 달라지잖아요.」

그제야 나는 그녀가 미술을 전공했다는 말이 떠올랐다.

「접시 얘기는 그 정도 하자고.」

상사의 말에 남편이 준비해 온 술을 꺼냈고 도연 씨는 그 술에 어울리는 잔을 가져왔다. 남편은 그녀에게도 술을 권했다.

「부부 중 한 사람은 제정신이어야 하지 않겠어요?」

그녀는 너스레를 떨며 거절했다. 그녀의 남편이 눈을 크게 뜨고 물었다.

「웬일이야? 당신이 술을 다 마다하고. 어디 아픈 거 아니지?」

그녀는 작게 웃으며 대답 대신 내 접시에 음식을 덜어 주었다. 그녀가 나를 배려한 것이라는 사실을 눈치채지 못한 채, 두 남자는 술잔을 주고받았다. 그녀가 식탁과 부엌을 분주히 오가는 동안 나는 그녀의 어린 딸과 그림을 그리며 놀아 주었다. 회사 이야기가 시들해질 무렵 대화의 주제는 임신과 출산으로 이어졌다. 힘들지 않냐는 그녀의 질문에 남편은 나 대신 대답했다.

「옆에서 지켜보니 임신 과정이란 게 정말 보통 힘든 게 아니더라고요.」

그녀가 내 남편에게 그 말을 한 것은 바로 그때였다. 앞으로 더 많이 아프고, 힘들 거라는 말. 축복과 격

려의 말만 듣던 우리에게 도연 씨의 그 말은 조금 낯설게 느껴졌다. 어색한 침묵이 흘렀다. 술이 떨어졌다며 그녀의 남편이 말을 돌리자 그녀는 마트에 다녀온다며 딸과 함께 집을 나섰다. 복도 밖으로 아이 웃는 소리가 멀어질 무렵, 내 남편의 상사는 이렇게 말했다.

「와이프는 고통의 역치가 너무 낮아.」

나는 물을 홀짝이며 그의 말을 들었다.

「애를 낳으니까 세계가 좁아진 것 같아. 뭐 저런 일로도 저렇게 고민하고 힘들어하지? 이런 생각이 들어서 답답해진다니까. 아무래도 남자랑 여자는 이런 면에서는, 정말 다르구나 싶어.」

남편은 고개를 끄덕였지만 나는 동의할 수 없었다. 식탁 위에서 세계 정치와 국제 경제를 논하는 그들보다도 나는 도연 씨의 세계가 더 깊고 넓다고 생각했다. 정성을 다해 누군가를 맞이하고 배려하고 돌보고 듣는 그녀가 나는 그 자리에 있는 누구보다도 강하고 숭고해 보였다. 하지만 나는 왜 그게 아니라고 말하지 못했을까. 나도 도연 씨도 회사를 그만두었기 때문일까? 나는 기회가 된다면 꼭 그 말에 반박해 주리라 생각했다. 하지만 안타깝게도 그 집에 다시 갈 일은 그 이후로 없었다. 남편은 얼마 지나지 않아 다른 부서로 옮겼고 그 상사 이야기는 소식조차 듣기 어려웠다.

다음 날 하원 시간에 나는 소진 엄마를 만났다. 소진 엄마와 아이 편식 문제를 투정하며 돌아오는데, 소진 엄마 팔뚝에 무언가 자국 같은 것이 보였다. 혹시 잇자국일까? 나는 그녀의 팔뚝을 유심히 들여다보다가 고개를 돌렸다. 나도 안다. 남편 말대로 아이들의 일이니까 더 이상 신경 쓰지 않아야 한다는 것. 아이의 작은 상처에 자꾸만 마음이 가는 건, 진짜 상처를 보는 일보다 쉽기 때문이라는 것.

갈림길에서 나는 소진 엄마와 멈춰 섰다. 소진 엄마는 복직이 얼마 남지 않아 이제부터는 낮잠을 재우기 시작할 거라며, 아이가 잘 적응할지 너무 걱정된다고 했다. 나는 소진 엄마를 응원했다. 그리고 나도 잘하고 있는 거라고 되뇌었다. 이런 마음에 대해서 남편과는 이야기할 수 없겠지. 나는 현이에게 장난을 치며 집에 돌아왔다. 현이는 윤슬처럼 반짝였고, 나는 그 빛이 너무 아름다워서 그만 눈물이 찔끔 났다. 나는 현이에게 세상에서 가장 행복한 엄마처럼 웃어

보였다. 웃으며 나는 생각했다. 우리의 고통과 그 역
치를.

24

남편의 기

어느 날부터인가 남자들에게서 오라 같은 것이 보였다. 그건 말 그대로 오라라고 할 수밖에 없었다. 몸을 감싼 붉고 푸른 기운이 실제로 눈에 보였으니까. 하지만 그것이 모든 남자에게서 보인 것은 아니었다. 오라를 내뿜는 이들에게는 단 한 가지 공통점이 있었다. 그들이 모두 아내가 있는 기혼 남성이라는 점.

사람들은 이제 어디에서나 오라를 볼 수 있었다. 지하철 안에서도, 화장실에서도, 병원에서도. 하지만 신기하게도 그 크기는 저마다 제각각이었다. 빛을 겨우 감지할 만큼 희미한 오라를 내뿜는 사람도, 1킬로미터 밖에서도 보일 만큼 크고 밝은 오라를 내뿜는 사람도 있었다.

「어째서 저 기운의 크기가 사람마다 다른 것일까?」

이 기현상에 관심을 품게 된 한 대학원생은 오라의 크기와 인간의 상관관계를 분석하는 연구 논문을 발표했다. 그 논문의 일부를 인용하자면 다음과 같다.

설문 조사 결과, 아내와 따로 살거나 아내에게 부당한 대우를 받는다고 느끼는 남성의 경우 오라의 크기가 작았다. 한편 가정에서 자신의 영향력이 크다고 생각하거나 지위가 확고하다고 여길수록 오라의 크기가 커지는 것을 발견할 수 있었다. 즉, 오라의 크기는 남성이 자각하는 가정 내 지위 수준과 밀접한 상관관계가 존재한다고 볼 수 있다.

그 연구 결과를 바탕으로 사람들은 수많은 가설을 세웠다. 하지만 사람들의 흥미를 끌었을 뿐 아니라 가장 납득 가능한 가설은 이것이었다.

오라는 바로 〈남편의 기(氣)〉다.

사람들은 열광했다. 특히 가장 앞장서 목소리를 높였던 것은 기죽어 살던 남편들이었다.

「애처가라는 말을 칭찬으로 알고 살았던 게 후회됩

니다. 그 결과가 고작 이거라니요.」

「저는 아내에게 월급을 바로 이체합니다. 그래서 제 기가 이렇게 작은 것 같아요. 저는 제가 이런 대우를 받고 있다는 걸 기 덕분에 알았습니다.」

평소 남성 유권자들의 지지를 얻어 온 한 정치인이 인기를 잃은 것도 자연스러운 일이었다.

「그렇게 근엄한 척하더니, 오라 크기 좀 보소.」

「밖에서는 센 척해 놓고 집에 가서는 설거지하겠지.」

대선 후보로까지 거론되었던 그 후보는, 그래서 고개를 숙였다. 고개 숙여야 하는 사람들은 점점 늘어났다..

「오라의 크기가 이직 시 면접의 당락에 영향을 미친다는 이야기가 있던데 사실입니까?」

리포터가 마이크를 들이대자 S 기업 대표는 이렇게 답했다.

「재차 말씀드리지만, 오라의 크기는 면접과 아무런 상관이 없습니다.」

「그렇다면 오라가 작은 남자는 쉽게 육아 휴직을 한다거나 업무 생산성 및 성취도가 떨어진다고 한 인사 담당자의 발언에 대해서는 어떻게 생각하십니까?」

대표는 황급히 자리를 피했고 방송사들은 앞다퉈

특집 프로그램을 편성했다. 오라가 작은 이들을 긍정하는 여론도 제법 있었으나 당사자들의 현실에는 딱히 영향력을 미치지 못했다. 그런 게 뭐가 중요하냐고 하면서도 속으로는 오라의 크기로 상대를 평가하는 남자들이 많기 때문이었다. 직장인 A 씨도 그런 사람들 가운데 하나였다. 덩치 큰 근육질의 남자라고 해도 자신보다 오라가 작으면 어딘지 모르게 얕잡아 보게 되는 구석이 있었다. 그날 엘리베이터에서 옆집 남자를 마주치지 않았더라면 A 씨는 그 우월한 기분을 더 오래 만끽할 수 있었으리라.

「옆집 남자는 기가 전봇대만 하던데, 난 이게 뭐야?」

A 씨는 돌아온 아내에게 이렇게 불평했다.

「나도 기 좀 살려 줘, 제발! 사람들 보기 부끄럽다고. 나도 한 가정의 가장이야!」

A 씨의 아내는 신발을 벗으며 말했다.

「여보, 나도 일해. 그리고 당신 기는 당신이 알아서 해. 피곤해 죽겠는데 왜 자꾸 그래.」

아내의 퉁명스러운 대답에 A 씨는 자신도 모르게 눈이 축축해졌다.

「당신이 이러니까 내가 기를 못 펴고 사는 거잖아!」

A 씨는 서러웠다. 가뜩이나 힘든 회사 생활이 〈남편의 기〉 때문에 더 힘들어졌다. 아무리 열심히 일하고 보고서를 써도 사람들이 자꾸만 자신을 깔보고 무시하는 것만 같았다.

「내가 이런 걸 입고 다니는데도 당신은 아무 생각이 안 들어?」

A 씨는 옷장에 걸린 자신의 구깃구깃한 셔츠를 꺼내 팔랑거렸다. A 씨의 아내는 무슨 소리를 하는지 모르겠다는 표정이었다. A 씨는 그 표정이 싫었다. 며칠 전 떨어진 단추를 달아 달라고 부탁했을 때도, 집에 먹을 게 너무 없다고 투덜거렸을 때도 그녀는 그런 표정이었다.

계속되는 A 씨의 불평에 아내는 짜증을 내며 서재에 들어가 문을 닫았다. 셔츠 말고도 신경 써야 할 일이 한가득이었다. 그녀는 컴퓨터를 켜고 몇 가지 밀린 일들을 처리했다. 하지만 눈물을 글썽이던 남편의 얼굴이 자꾸만 모니터에 아른거렸고, 결국 포털 사이트에 이런 검색어를 쓸 수밖에 없었다.

〈남편 기 살리는 법〉.

관련된 게시 글이 수도 없이 많았다. 그 방법이란 이런 것들이었다. 아침 도시락 싸주기, 집에 오면 아무엇도 안 시키기, 주 1회 정해진 날에 섹스하기 또는 섹스를 아예 요구하지 않기, 끼니마다 다른 국 끓이기……. 그 방법론에는 모두 근거가 있었다. 행동에 따른 오라 크기 변화를 인증하는 사진이 포함되어 있었기 때문이다.

〈오늘 저희 남편 기 세기^^〉.

이런 제목의 게시 글에는 이런 댓글이 달렸다.

—와, 하늘을 뚫겠네요. 남편분 기세등등 할 듯!

—ㄴㅇㄱ 상상도 못 할 크기

— 오라가 크면 확실히 사회생활 할 때 유리한 것 같기는 하더라고요.

—내 남편 눈감아…….

A 씨의 아내는 한숨을 내쉬고 알람 시계를 30분 일찍 설정했다.

「오, 박 대리. 요새 집에서 대접 좀 받나 보지?」

오라의 크기가 달라진 A 씨에게 최 부장이 말했다. A 씨는 겸손을 떨었다.

「바쁘니까 하지 말라고 해도 그러네요.」

「집에서 인정을 받으니 밖에서도 얼마나 잘하고 싶겠어. 안 그래?」

최 부장의 오라는 천장에 닿을 듯 넘실거리고 있었다. 오라 크기가 사내 최고인 최 부장에게 이런 말을 듣다니, 드디어 최 부장 라인을 타게 되는 걸까? A 씨는 기고만장해졌다. 자신감 때문인지 업무 성과도 나날이 올라갔다. 오라의 크기만큼 A 씨의 행복 역시 점점 커져만 갔다. 오라가 〈아내가 느끼는 불만의 척도〉라는 새 연구 결과가 나오기 전까지는 말이다.

「최 부장님은 도대체 가정에서 어떻게 하시기에…….」

사원들의 웅성거림이 커졌다. 그 불만이라는 게 성적 불만이냐 성격 불만이냐에 대한 토론회가 막 방영된 참이었다. 과시하듯 사람이 많은 음식점만 찾아다니던 최 부장은 다이어트 핑계로 식사를 걸렀다. 최 부장의 쓸쓸한 등을 바라보던 A 씨는 문득, 사람들의 시선이 이제 자신을 향해 있다는 것을 눈치챘다.

A 씨가 집에 돌아왔을 때 그의 아내는 셔츠를 다리고 있었다. A 씨는 황급히 뛰어 들어가 아내에게 당장 그짓을 그만둬 달라고 부탁했다. 하지만 A 씨의 아내는 고개를 빳빳이 들고 말했다.

「왜? 내 남편 기 좀 살리겠다는데.」

25

니카, 니카

니카와 나는 돈 때문에 만났다. 현이가 어린이집에서 낮잠을 자기 시작한 이후의 일이다. 갑자기 생겨난 혼자만의 시간에 나는 나만을 위한 일을 한 가지 하고 싶었다. 가장 먼저 떠오른 것은 영어 회화였다. 나는 남편에게 내가 왜 영어를 배워야 하는지 설득했고, 딱히 설득력 있는 이유는 아니었지만 그는 수강료가 저렴한 곳으로 한번 알아보라고 했다. 오랜 검색 끝에 발견한 그 홈페이지는 운영이 되고 있는지 의심스러울 정도였다. 가장 최근의 공지는 1년 전의 것이었고 〈오늘의 회화〉 게시판에는 3년도 더 전의 자료가 올라와 있었다. 하지만 그 사이트에는 제법 많은 강사가 등록되어 있었고 강사들의 수업 시간표는 대부분 빽빽이 차 있었다. 나는 내가 원하는 오전 시간대에 수업이 비어 있는 선생님을 검색했다. 그중 한 사람이 바로 니카였다. 나는 녹음된 그녀의 음성을 들으며 강사 소개 글을 읽었다. 니카는 자신이 필리핀 마닐라에 살고 있고 영문학과를 나와 4년째 강사로 활동하고 있다고 했다. 그 음성이 언제 녹음된 것인지는 알 수 없었고 그녀의 전공 여부 역시 그 진위를 확인할 길은 없었다. 하지만 25분에 4천 원이라는 가격은 너무나도 매력적이었다.

약속한 시간이 되자 화면에 전화기 모양 아이콘이 불쑥 나타났다. 그걸 누르고 한참 뒤에야 니카의 얼굴이 보였다. 그녀는 놀이공원에서나 쓸 법한 머리띠를 하고 있었다. 스프링 달린 하트 두 개가 토끼 귀처럼 튀어나와 있는. 내가 그녀의 머리띠를 칭찬하자, 니카는 입술을 뾰족하게 하고 웃더니 이런 것이 열 개도 더 있다고 자랑했다. Anyway. 니카는 낮은 목소리로 내게 물었다. 몇 살인지, 무슨 일을 하는지, 영어는 왜 공부하는지. 내가 떠듬떠듬 답하는 동안 니카는 나를 똑바로 응시하며 연신 고개를 끄덕였고 내가 고장 난 것처럼 멈춰 있었을 때도 미소 지으며 기다려주었다. 그녀는 내가 하고 싶은 말이 무엇인지도 이미 다 알고 있는 것 같았다. 머릿속에서 맴돌던 문장은 그녀 입에서 놀랄 만큼 정확한 형태로 다시 나왔고, 나는 〈내가 하고 싶었던 말이 바로 그거〉였다고 말했다. 그러는 동안 나는 니카가 나보다 네 살이 어리다는 것, 다섯 살 된 아들과 백일이 갓 지난 딸이 있다는 것을 알았다.

「그럼 아이는 지금 누가 보나요?」

나는 남들이 내게 물었을 때 소스라치게 싫었던 그 질문을 니카에게 하고 말았다. 니카는 내가 그랬듯, 그런 질문에 능숙하게 대답했다.

「친정 엄마가 봐주고 있어요. 우리 집에서 돈을 버는 건 나뿐이거든요.」

나는 니카가 화재로 집을 잃어 친정에 머무르고 있다는 사실도, 남편이 그럴싸한 벌이가 없을 뿐 아니라 일할 의욕이 없다는 사실도 알게 되었다. 덤덤히 그 모든 것을 말하던 니카는 갑자기 안타까운 표정을 지었다.

「아쉽지만 다음 수업이 있어서 이제 가야만 해요.」

니카의 말에 시계를 보니 어느덧 30분이 지나 있었다.

「오늘 재미있었어?」

현이는 대답 대신 뚱땅뚱땅 나를 앞서 걸었다. 하원 후에 놀이터에 가는 것은 현이의 가장 중요한 일과였다.

「간식으로 수박 먹었다면서?」

나는 잰걸음으로 현이를 따라가며 물었다. 하지만 현이는 뛰다시피 걸어 다시 멀어져 갔다.

「현아! 듣고 있어?」

나는 아이의 뒤통수에 대고 외쳤다. 그제야 현이는 뒤를 돌아 나를 봤다.

「듣고 있는 거야?」

현이는 가만히 나를 쳐다봤다. 그런 것을 왜 묻느냐는 듯 의아한 표정으로. 내가 말을 걸 때마다 현이는 늘 그런 표정이었다.

「엄마가 말이 별로 없어서 그런가?」

시어머니가 현이를 어르며 이렇게 말했을 때, 남편은 〈잘 모르겠네〉라고 대답했다. 집에 돌아오는 차 안에서 나는 그에게 왜 그렇게 말했냐고 따졌다. 하지만 그때도 남편의 대답은 똑같았다.

「모르겠어.」

남편과의 대화는 늘 그런 식으로 끝나곤 했다. 나

는 궁금했다. 왜 그는 모를까. 그리고 어떻게 계속 모를 수 있을까.

「당신 혹시 내 남편이랑 결혼했어요?」

니카의 말에 나는 웃음이 터졌다. 니카와 나는 닮은 점이 많았다. 나도 니카처럼 아이를 낳은 후 집에서 일하게 되었고, 나도 니카처럼 일이 있을 때면 아이를 친정 엄마에게 맡기곤 했다. 니카의 남편처럼 내 남편은 무뚝뚝했고 니카처럼 나는 자주 우울했다. 우리는 시간 가는 줄 모르고 수다를 떨었다. 아이가 왜 이렇게 밥을 많이 먹거나 적게 먹는지, 남편은 도대체 왜 새벽에 아이 울음소리를 듣지 못하고 잘만 자는지 분노했다.

「남자들이 국제 조약을 맺은 게 아닐까요?」

「동의해요. 인종과 국가를 초월한 연대인 거죠.」

우리는 독박 육아의 옛 같음에 대해, 다시는 되돌릴 수 없는 우리의 벌어진 골반에 대해 이야기했다. 그녀와 대화하며 새롭게 알게 된 것들도 많았다. 필리핀에서는 등록 기간에 유권자 등록을 해야만 투표를 할 수 있다는 것도, 정치인들이 표를 위해 국수와 돈을 준다는 것도 그녀를 통해 처음 안 사실이다. 딱히 알고 싶지 않은 정보들도 있었는데, 그녀가 일하는 곳의 매니저가 얼마나 쓰레기 같은 인간인지, 비합리적인 수수료를 떼어 가는지 따위의 것이었다. 니카는 매니저를 욕할 때면 한국어로 〈나쁜 새끼〉라고 말했다. 그 발음이 놀랄 만큼 정확해서 나는 늘 웃음을 터트렸다. 니카는 한국 드라마에서 그 욕을 배웠다고 했다.

「코피노인 내 친구보다 내가 한국어를 더 많이 알걸요?」

니카는 이렇게 말하며 웃었다. 그때 나는 그녀처럼 웃지는 못했다.

니카는 내 고민을 아무렇지도 않게 만들어 주는 재주가 있었다. 한번은 화를 못 참고 아이의 엉덩이를 세게 때린 적이 있었는데 죄책감에 괴로워하는 내게 니카는 이렇게 말했다.

「그건 아무것도 아니에요. 나는 아이의 볼을 문 적도 있어요.」

그리고 그녀는 속삭이듯 화면 가까이 얼굴을 들이대고 이렇게 말했다.

「가끔은 더한 짓도 하고 싶어지지 않아요?」

우리는 깔깔거리며 이런 모습을 남편들은 모르는

게 낫겠다고 말했다. 그런 이야기를 하다 보면 시간은 거짓말처럼 지나갔다. 수업 시간은 25분이었지만, 그녀는 언제나 30분을 꼬박 채웠다. 나는 그녀의 호의가 감사하지만은 않았다. 수업이 30분 단위로 예약되어 있는 탓에 그녀가 쉬지 않고 바로 다음 수업을 시작할 것이 분명했으니까. 처음에는 그녀가 시간이 지난 걸 모르는 줄 알고 몇 번 일러주었다. 하지만 그녀는 괜찮다며, 하던 말을 이어 갔다. 그래서일까. 나는 그녀 역시도 나와의 대화를 즐기고 있다는 생각이 들었다.

우리의 대화는 점점 내밀하고 농밀해졌다. 우리는 남편과의 섹스에 관해 말했고, 결혼 전 만났던 남자들과의 추억을 나눴다. 나는 친구들에게도 하지 못한 말을 그녀에게 하기도 했다. 둘째를 원하는데 우리는 섹스리스가 된 지 오래라고. 어쩌다 한번 하기는 하지만 임신이 쉽지가 않다고. 그건 그녀와 감정적 교류가 깊었기 때문만은 아니었다. 그녀는 나와 너무 멀리 있었기에 쉽게 내 깊은 이야기를 할 수 있었던 것이다. 그리고 그건 니카도 마찬가지였다.

「남편의 휴대폰을 몰래 훔쳐본 적이 있나요?」

어느 날 니카는 이렇게 물었다.

「네. 부끄럽지만요.」

나는 잠시 고민하다 대답했다. 니카는 빙긋 웃으며 말했다.

「괜찮아요. 저는 매일 그러거든요.」

우리는 또 한 번 웃음을 터트렸다. 니카는 친구들에게는 이런 이야기를 해본 적이 없다고 했다. 니카의 친구들은 모두 그녀의 결혼을 반대했는데 니카의 남편이 여자를 너무 밝힌다는 게 그 이유였다. 니카는 그것이 자신의 불안증에서 오는 것이라고 치부했다. 하지만 어느 날 남편의 휴대폰을 몰래 훔쳐본 그녀는, 남편이 전 여자 친구와 몰래 연락을 주고받는다는 사실을 알게 되었다.

「나는 다 용서할 수 있어. 솔직하게 말해 줘. 나와 결혼하고 그녀를 만난 적이 있어?」

그러나 남편은 그렇다고도 아니라고도 말하지 않았다고 했다. 피곤하다는 것이 그의 답변이었다. 자꾸 꼬치꼬치 묻는 네가 너무나도 피곤하다고. 그녀의 남편은, 진짜 문제는 의심하는 사람의 마음에 있는 거라고 했다. 하지만 그녀는 그의 그 말조차 의심스러웠다. 그래서 기회만 되면 남편의 휴대폰을 훔쳐봤다고 했다.

나는 우리가 비슷하다고 생각했다. 섹스리스가 된 이유가 혹시 따로 있는 것은 아닐까 전전긍긍하는 나나, 매일 외도의 증거를 수집하는 그녀나 딱히 다를 게 없어 보였다. 우리의 젖꼭지가 축 늘어져 있기 때문일까요? 우리는 자조적인 농담을 하며 웃었다. 우리는 둘 다 모유가 잘 나오지 않아 힘든 시기를 보냈다. 하지만 모유가 아이의 면역에 좋아서 먹이고 싶었다는 나의 말에 니카는 이렇게 대답했다.

「나는 분유가 비싸서 모유를 먹여요.」

그 순간 내가 느낀 거리감을 어떻게 표현해야 할까. 나는 무슨 말을 해야 할지 알 수 없었다. 내가 느낀 동질감이 나만의 것이었으리라는 생각 때문에 자꾸만 부끄러웠다. 나는 그날 이후로 어쩐지 모든 말이 조심스러웠다. 니카에게 남편에 대한 욕이나 힘든 이야기만 하게 되었다. 특히 그날을 기점으로는.

어느 날 니카와의 수업을 몇 시간 앞두고 그 쓰레기 같다는 매니저에게 전화가 왔다. 매니저는 니카가 개인 사정으로 수업을 할 수 없어서 수업을 취소해야 하며, 차감된 포인트는 다시 복구해 준다고 말했다. 나는 삐딱한 태도로 매니저를 대했다. 내 앞에서는 이렇게 상냥하게 굴면서 니카에게는 그렇게 못되게 굴었다고? 전화를 끊고 나는 니카를 걱정했다. 니카는 성실한 선생이었다. 당일에 갑자기 수업을 취소할 만큼 급한 상황이란 도대체 뭐였을까.

다음 수업 시간에 니카의 표정은 어두웠다. 그녀는 미안하다며 왜 지난번 수업에 예고도 없이 빠지게 되었는지 내게 설명했다. 처음 듣는 영어 단어가 많아서 나는 그녀가 한 말을 바로 알아듣지 못했다. 그녀의 차분한 설명과 영어 사전의 도움 덕분에 나는 그녀의 남편이 급성으로 신장 수술을 받았다는 것을 알았다.

「평생 투석을 해야 해요. 앞으로 평생.」

내가 〈투석〉이라는 단어를 잘 알아듣지 못한 탓에 그녀는 이 말을 열 번쯤 반복했다. 결국 그녀는 포털 사이트에 〈투석〉이라는 영어 단어를 검색하여 그 이미지를 내게 보여 주어야 했다. 그 단어를 이해했을 때, 나는 그녀가 친절한 말투로 열 번이나 반복했던 그 말이 이런 뜻이라는 것을 알고 무척 미안했다. 그날 남편이 40도까지 열이 올라서 병원에 입원했고, 앞으로 일주일에 두 번씩 평생 신장 투석을 해야 하고……. 니카는 담담하게 이런 이야기를 했다. 나는 그녀에게 해줄 수 있는 말이 없었다. 그저 그녀가 참 용기 있고 멋진 여자이자 위대한 엄마라고 진심으로 위로했다. 수업 시간이 끝날 무렵 그녀가 내게 비밀을 한 가지 더 말하고 싶다고 했다. 나는 바로 필라테스 수업이 있어서 마음이 급했지만 그녀에게 대화가 필요해 보였기에 말해보라고 했다.

「생리를 안 해요. 너무 불안해요. 지금은 좋은 시기가 아닌데.」

나는 최대한 아무렇지 않게 대답했다.

「스트레스 때문일 거예요. 너무 힘들었잖아요.」

「그렇죠? 멘스트루에이션을 하지 않는 것은 단순히 스트레스 때문이겠죠?」

그녀는 필리핀에서는 임신 중단이 불법이라며 불안해했다. 나는 그녀에게 이렇게 말해야만 했고.

「미안하지만, 니카. 저는 이만 가봐야 해서요…….」

그날 이후로 나의 수업은 니카의 안부를 묻는 것으로 시작해 니카를 위로하며 끝났다. 지치고 힘든 니카를 웃게 해주어야 한다는 생각에, 나는 영어로 된 유머까지 미리 외워 둘 정도였다. 니카는 이따금 웃었지만, 자주 한숨을 쉬었다. 니카는 임신 테스트를 하는 것조차 두렵다고 했다. 우리는 블러드가 하루 빨리 〈go out〉하기를 빌고 또 빌었다.

「만약 임신의 기운이 있다면 그것은 나에게 올 거예요. 나는 임신을 원하고 당신은 원하지 않으니까 내가 다 가져갈게요.」

나는 과장된 몸짓으로 웅변하듯 외쳤고 그녀는 안심이 된다며 웃었다. 그 이후에도 우리는 쭉 그런 식이었다. 그녀는 종일 수업하는 것이 힘들고 지친다고 했고 나는 오히려 일을 좀 더 하고 싶다고 말하며 그녀를 위로했다. 그녀는 내가 하는 일, 그리고 내가 버는 돈을 늘 궁금해했다. 나는 단 한 번도 제대로 대답하지 못했다. 그녀보다 짧게 일하면서도 그녀보다 더 많은 돈을 벌고 있다는 것에 대해서.

그녀와의 수업은 언제부터인가 전처럼 즐겁지 않았다. 그녀가 눈에 띄게 기운 없어 보이는 날들도 점점 늘어났다. 니카는 주말에는 남편을 돌보고 평일에는 하루 14시간씩 학생들을 만났다.

「다섯 살짜리 학생이 있어요. 오늘 그 아이가 울었어요. 수업에 집중하지 않는다면서 그 애 엄마가 머리를 때렸거든요. 그런 걸 보고 있으면…….」

니카의 삶에 닥친 문제들 앞에서 내 영어 수업 같은

건 별로 중요해 보이지 않았다. 나는 조심스럽게 니카에게 물었다.

「너무 피곤해 보여요. 혹시 내가 당신의 수업을 신청하지 않으면 당신은 쉴 수 있나요?」

그러자 니카는 내가 단 한 번도 본 적 없는 표정으로 단호하게 말했다.

「안 돼요. 난 돈이 필요해요.」

어느 순간부터인가 나는 니카의 눈치를 보게 되었다. 니카의 말이 너무 빨라도 천천히 해달라고 말하기보다 아는 척 고개를 끄덕이게 되었고, 수업이 끝나고 오는 리포트가 점점 성의 없어지는 것도 이해하게 되었다. 아이가 너무 운다거나 장 트러블 때문에 잠깐 화장실에 다녀온다며 니카가 수업 중간에 자리를 비우는 일이 있을 때도 〈It's okay, I understand〉라고 말했다. 몸이 좋지 않다며 화상 카메라를 꺼두었을 때도, 니카가 수업 시간을 착각해 수업을 하지 못했을 때도 〈I'm okay〉였다.

「혹시 오늘 일을 매니저에게 말했나요?」

니카는 내게 이런 텍스트를 보냈고, 나는 아니라고 했지만 그 말은 이상하게도 내심 서운했다.

언젠가부터 나는 니카가 아닌 다른 선생님과의 수업을 상상해 보게 되었다. 다른 선생의 수업을 예약하려다가 직전에 그만둔 적도 있었다. 그 사이트는 선생이 수강생의 수강 내역을 다 볼 수 있었기 때문에 사실을 알게 되면 니카가 상처를 받을까 봐 걱정이 되었다. 나는 니카의 상황이, 또는 니카의 마음이 조금씩 나아지리라고 믿었다. 하지만 모든 것은 점점 더 나빠지기만 했다. 쇠약해진 남편의 병상을 지키던 어느 날, 니카는 문득 그가 진실을 말해 줄지도 모른다고 생각했다. 니카는 투석을 마친 남편에게 혹시 전 여자 친구와 연락을 하느냐고, 솔직히 대답해 달라고 했다. 그 말을 들은 니카의 남편은 내가 아파 죽겠는데 자꾸 이딴 걸 물어보는 네가 너무 싫고 어노잉하다, 너와 이혼하겠다, 난 그냥 죽어 버릴 것이다, 하고 외쳤다고 했다. 니카도 소리를 질렀다. 누굴 만났어도 상관없고 다 용서할 텐데 왜 대답 하나를 못 해주냐며 울부짖었다고 했다. 수업이 끝날 무렵 나는 진이 다 빠져 버렸다. 그런 이야기를 나는 모르고 싶었다. 니카의 어떤 이야기는 정말이지 듣고 싶지 않았다. 내게 하지 못할 이야기가, 니카에게도 있으면 좋겠다고 생각했다.

나는 점점 니카에게 삐딱한 마음이 들었다. 특히 니카가 다른 사람에게도 남편의 이야기를 하고 있다는 사실을 알게 된 이후로는 더 그랬다. 나는 니카가 나하고만 그런 말을 한다고 생각했다. 우리에게는 나이와 국가, 인종을 초월한 진정한 우정이 있다고 믿었으니까. 하지만 니카가 내게 단어를 설명하려 인터넷 검색 창을 보여 주었을 때, 나는 투석이라는 글자와 사진이 떠 있는 것을 보았다.

나는 다른 화상 영어 사이트를 자주 검색하게 되었다. 니카와 수업을 그만두려는 것은 아니었고, 한 번씩 번갈아 수업하면 피로가 덜하지 않을까 싶어서였다. 그러던 중 어느 지역 맘 카페에서 섬뜩한 글을 하나 읽었다. 화상 영어 강사에게 돈을 떼였다는 한 여자의 후기였다. 오래 수업하며 친분을 쌓아 왔던 강사가 수업 수수료가 너무 세다며 개인 송금을 통해 수업하고, 어느 날은 돈을 좀 빌려줄 수 있냐고 해서 빌려주었더니 수업료와 함께 잠적해 버렸다고 했다. 심장이 철렁했다. 나는 빠르게 스크롤을 내렸다. 그런 수법에 당한 사람들이 더러 있다는 댓글들이 달려 있었다. 나는 니카를 떠올렸다. 생각해 보니 이상했다.

어떻게 나와 닮은 점이 그렇게 많았지? 그리고 어떻게 한 인간에게 그토록 나쁜 일이 계속해서 벌어질 수 있지? 그러다 나는 곧 슬퍼졌다. 내가 꼭 핑계를 찾고 싶어하는 것만 같아서. 나는 그저 더 이상 니카를 견디지 못하게 된 것뿐이었다. 젖은 머리를 질끈 동여매 묶는 니카, 웃을 때 입이 뾰족해지는 니카를.

「무슨 일이 있는 줄 알았어요.」

열흘 만에 만난 니카는 나에게 이렇게 말했다. 나는 니카를 안심시키기 위해 아무 말이나 주절거렸다. 언어 발달 센터에 방문한 일, 시댁 식구들과 함께 남편의 생일 파티를 한 일, 이유도 없이 목이 칼칼했던 일에 대해서. 바쁜 일이 모두 끝나 다행이라고 나는 먼저 선수를 쳤다. 니카의 표정이 조금 밝아 보였다. 나는 니카에게 화제를 돌렸다. 그동안 어떻게 지냈냐는 말에 니카는 괜찮았다고 대답했다. 많은 것이 익숙해졌다고. 그리고 니카는 귓속말하듯 손날을 입가에 대고 이렇게 말했다.

「사실 오늘 내 생일이에요.」

나는 과장된 표정으로 입을 쩍 벌렸다. 축하한다며 박수를 치자 그녀는 눈을 찡긋 감으며 부끄러운 표정을 지었다.

「내 선물은 어딨어요?」

니카는 농담을 던졌고, 나는 주머니를 뒤져 손으로 하트 모양을 만들어 보여 주었다. 실없는 말에도 우리는 낄낄거렸다. 나는 소리도 내지 않고 웃는 니카를 보며 한순간이나마 그녀를 오해했던 것이 미안했다.

「당신에게 정말 선물을 줄 수 있다면 좋을 텐데.」

나는 이렇게 말했다. 그 순간 그녀가 화면 가까이 몸을 기울이고 내게 물었다.

「확실한가요?」

뭐가요? 내가 되묻자 그녀는 친절한 표정으로 덧붙였다.

「당신이 내게 선물을 주고 싶다는 말.」

「그럼요.」

나는 장난스럽게 대답했다. 하지만 그녀는 웃음기라고는 전혀 없는 표정으로 말했다.

「그렇다면 당신이 내게 줄 수 있는 게 있어요.」

나는 침을 꿀꺽 삼키고 조심스럽게 그녀에게 이렇게 물었다.

「당신은 무엇을 원하나요?」

니카의 대답을 기다리는 그 짧은 시간 동안, 나는

어쩌면 이런 순간이 오기를 기다리고 있었는지도 모른다는 생각이 들었다.

「25분.」

니카는 잠시 숨을 고르고 이렇게 말했다.

「당신의 25분을, 내게 줄 수 있나요?」

시간을 달라는 건 무슨 의미일까. 니카는 나를 빤히 바라보았고, 나는 천천히 고개를 끄덕였다. 그 순간 그녀는 두 손으로 얼굴을 가리고 어깨를 들썩였다. 나는 그녀가 웃는 줄 알았다. 하지만 아니었다. 그녀는 흐느끼고 있었다. 수업이 끝날 때까지 그녀의 울음은 멈추지 않았다. 내가 할 수 있는 것이라고는 그녀의 이름을 나지막이 부르는 것뿐이었다.

「니카, 니카…….」

26
메리고라운드

우리는 놀이공원을 사랑했다. 나는 모두가 내게 친절해서 좋다고 했고, 너는 실컷 무서워하며 비명 지를 수 있어서라고 했다. 우리는 한 달에 한 번은 꼭 놀이공원에 가서 거기 있는 놀이기구를 한 번씩 다 타야 직성이 풀렸다. 그중에서도 우리가 가장 좋아했던 것은 기차를 타고 세계여행을 하는 콘셉트의 놀이기구인 〈지구 마을〉이었다.

〈세계를 돌고 돌면 별처럼 많은 형제, 알고 보면 우리는 지구 마을 한 가족〉.

신나는 노래와 함께 기차가 출발했다. 기차는 수륙양용이라서 물 위도 지나갔다. 걷는 것과 다름없는 속도였지만 볼거리가 많아 지루하지 않았다. 전통 의상을 입은 인형들이 그 나라의 유명 건축물 앞에서 쿵

짝거리는 반주에 맞춰 몸을 비틀며 연신 손을 흔들어
댔다. 풍차와 튤립이 있는 네덜란드 사람들도, 투우
를 하던 스페인 사람들도 우리를 환영했다. 여행의
종착지는 늘 한국이었다. 그곳에서 세계인이 모두 손
을 잡고 하나가 되는 것으로 이 놀이기구는 끝이 났
다. 우리는 10분 만에 상당히 글로벌한 인간이 된 것
만 같아 가슴이 벅차오르곤 했다. 그리고 우리가 지
나온 나라들을 하나하나 되새기며 신중하게 신혼여
행 갈 나라를 고르고 또 골랐다. 우리는 퍼레이드까
지 모두 즐기고, 폐장 시간을 알리는 음악이 들려올
때까지도 그곳을 떠나지 않았다.

「여기 숨어 있으면 아무도 모르지 않을까.」

휴지통 뒤에 쪼그려 앉아 너는 말했고.

「그러게. 쓰레기인줄 알고 그냥 지나칠지도 몰라.」

나는 대답했다.

아름답고 빛나는 곳에서 우리는 늘 내쫓겼다. 지하
철 승강장 의자에 나란히 앉아 우리는 이야기를 나눴
다. 어제나 오늘에 대해서는 별로 말하고 싶지 않았
기 때문에 우리는 늘 내일에 대해 말했다. 우리는 2호
선이 지나는 곳에 집을 짓고 2호선에 있는 대학에 아

이를 보내자. 2호선에서 일하는 사람들과 2호선 안에서 만나면서 빙글빙글 2호선 순환 열차를 타듯 살자. 그리고 언젠가 세계를 돌아다니며 여행을 하자. 지구를 한 바퀴 모두 돌 때까지 절대 멈추지 말고, 절대 내리지 말자. 그런 이야기를 나누는 동안 목을 베어 내듯 막차는 빠르게 지나가 버리곤 했다. 더이상 지나 보낼 것이 없어진 우리는 결혼을 했다.

　결혼 생활은 둥글게 손을 맞잡고 버티는 일이었다. 누가 옆구리를 푹 찔러도, 뒤통수를 가격해도. 놓지 않으려고 우리는 이를 악물고 견뎠다. 그러다가 결국 배가 찢어졌고 아이가 태어났다. 아이는 우리의 맞잡은 손을 트랙 삼아 그 위를 빙글빙글 달렸다. 달릴수록 아이는 커졌다. 그런 것이 둘이나 되었다. 이따금 무겁고 너무 아파서 그 손을 놓고 싶어지기도 했다. 하지만 그러면 아이가 떨어지니까. 그리고 우리가 버텨 온 시간은 아무것도 아닌 게 되어 버리니까. 나는 너를 바라보았고, 너는 고개를 숙이고 있었다.
　「웃는 얼굴이 보고 싶어. 웃는 얼굴.」
　나는 말했고.
　「나를 제발 울게 내버려둬.」

너는 고개를 들지 않았다.

　우리가 가기로 약속했던 수많은 나라의 이름은 더 이상 기억나지 않았다.

「난 놀이공원처럼 행복한 가정을 만들고 싶었어.」

　너는 말했다. 둘째가 제왕 절개로 태어난 지 얼마 되지 않은 시기였다. 너는 내 배에 남은 흉터가 꼭 철로 같다고 했다. 우리의 두 아이가 그걸 타고 이 세상에 건너왔지. 그 순간 나는 알아 버렸다. 우리는 여행자가 아니고, 심지어 기차도 아니었고, 그저 길이었구나.

　우리가 다시 놀이공원에 간 것은 그로부터 몇 년이나 더 지나서였다. 오랜만에 다시 찾은 놀이공원은 예전의 모습이 아니었다. 놀이공원의 모든 것은 비싸거나 맛이 없었고 도처에 아이들이 떼를 쓸만한 물건들이 널려 있었다. 아이들과 함께 탈 수 있는 놀이기구는 몇 있지도 않았으며 그나마도 아이들은 줄을 서다 지쳐서 짜증을 냈다. 웃돈을 내어 프리 패스 티켓을 산 사람들이 약 올리듯 우리를 지나쳐 갔다.

「나도 타고 싶어.」

나는 너에게 말했고, 우리는 서로 한 번씩 번갈아가며 타고 싶던 놀이기구를 타고 오기로 했다. 혼자 타는 롤러코스터는 전처럼 즐겁지 않았다. 스릴이 느껴지기보다는 속이 뒤집혔고 내려서는 한참 두통에 시달려야 했다.

날이 어두워지고 있었다. 비틀거리며 나는 회전목마 앞으로 갔다. 너는 아이들의 사진을 찍고 있었다. 어둠 속에서 회전목마는 반짝거렸고 말의 목에 매달린 아이들은 그보다 더 빛이 났다.

「지구 마을이 사라졌대. 알고 있었어?」

나는 사진을 찍고 있는 너에게 물었다. 너는 응, 대답했다. 아름다운 것들에 둘러싸여 나는 슬퍼지고 말았다. 아름다웠던 모든 것이 이제 내 아이들에게 넘어가서 슬픈 게 아니었다. 내 아이들도 언젠가 이 아름다움을 상실하는 순간을 맞이하게 될 거라는 사실때문이었다. 신나는 음악과 함께 회전목마는 돌아갔다. 아이들은 사라졌다가 나타났다가, 그리고 다시 사라졌다. 너는 웃으며 손을 흔들었다. 빙글빙글 돌아가는 회전목마 앞에서 나는 비명을 지르고 싶었다.

27
론다로 가는 길

「정해진 대로 따라가기만 하면 되니까 아무 문제 없어.」

그는 내비게이션을 보며 말했다. 나는 조수석에 앉아 자꾸만 창밖을 내다봤다.

「그래도 길이 너무 좁은 거 아니야? 벽에 닿을 것 같아.」

그는 대꾸하지 않았다. 외국에서 운전을 하는 건 걱정된다고 내가 말했을 때도 그는 그런 반응이었다. 사이드 미러에 비친 내 얼굴은 몹시 지쳐 보였다. 결혼식을 마치자마자 공항으로 가 스페인으로 향하는 긴 비행을 견딘 지 겨우 하루가 지난 시점이었다.

목적지는 근처인 것 같은데 내비게이션은 툭하면 경로를 이탈했다며 경고했다. 미로처럼 이어진 좁은

길 위에서 우리가 있는 위치는 수시로 바뀌었다. 그
는 유심 칩과 통신망을 탓했다. 이번에는 내가 대꾸
하지 않았다. 관광객인지 현지인인지 알 수 없는 사
람들이 지나가며 우리를 자꾸 쳐다보는 것만 같았다.
아니, 기분 탓만은 아니었을 것이다. 신혼여행 기분
을 만끽하겠다며 그가 빌린 빨간 외제 차는 누가 보아
도 눈에 띄었으니까. 게다가 어느 순간부터는 길 위
에 차가 한 대도 보이지 않았다.

「돌아가야 하는 것 아닐까.」

나는 말했다. 그가 백미러를 쳐다보며 대꾸했다.

「이제 와서 어떻게 돌아가.」

좁고 긴 길이 이어진 지가 한참이었다. 내비게이션
만 믿고 계속 앞으로 나아갔지만 그 끝에서 우리를 기
다리고 있는 것은 막다른 골목이었다. 골목 끝 호텔
에서 마침 프런트 직원이 나오는 것이 보였다. 서툰
영어로 길을 묻자 호텔 직원은 우리에게 오히려 질문
했다.

「도대체 여기까지 어떻게 차를 가지고 온 거예요?」

나는 조수석에 올라타 신경질을 냈다.

「거봐. 내가 차가 들어올 수 없는 길이라고 했잖아.」

「그냥 내비게이션 따라온 거잖아!」

「아무리 그래도 아닌 것 같으면 생각을 해야지. 시키는 대로 다 하면 어떡해.」

후진으로 그 긴 골목을 다시 빠져나갈 생각을 하니 정신이 아찔했다. 그는 사이드 미러가 벽에 긁힐까 봐 미간을 잔뜩 찌푸리며 집중했다. 사람들은 이제 우리 차와 벽 사이로 몸을 세워 지나갔다.

「나가서 좀 봐줘.」

나는 차 뒤에서 연신 〈오라이〉를 외쳤다. 사진을 찍으려고 갖춰 입은 옷이 땀에 젖었다. 가다 보니 오른쪽 벽면에 자전거가 한 대 있어 신경이 곤두섰다. 우리가 오른쪽에 온 신경을 집중하는 동안, 드드득. 온몸의 털이 쭈뼛 서는 소리가 났다. 남편은 차창을 열고 사이드 미러를 접었다. 확연하게 긁힌 자국이 보였다.

우여곡절 끝에 도착한 호텔에서는 주차장이 없다는 소리를 들었다. 나는 아무 말도 하지 않았지만, 그는 나의 그런 태도를 비난으로 여긴 것이 분명했다. 우리는 조금 떨어진 곳에서 일일 주차가 가능한 곳을 찾았다. 주차 관리인은 말도 안 되는 비용을 손가락으로 제시하며 본인도 머쓱한지 웃었다. 우리는 따지

거나 흥정할 기운도 없어 그냥 그 돈을 냈다. 차 트렁
크에서 여행 가방을 꺼내며 나는 가방을 호텔에 두고
왔으면 좋았을 거라고 생각했다. 그늘 하나 없는 뙤
약볕 아래 우리는 각자의 짐을 들고 서 있었다. 택시
는 보이지 않았다. 스페인의 악명 높은 무더위를 이
제 뚫고 걸어가야 했다.

우리는 최대한 서로의 신경을 거스르지 않으려 최
선을 다했다. 아지랑이 때문에 길이 휘어져 보였다.
몸도 정신도 녹아내릴 듯 휘청했다. 차로 왔을 때는
금방 갈 것 같았는데. 〈도대체 내가 여기 왜 있지?〉 울
퉁불퉁한 길을 걷다가 그런 생각이 들었다. 애초에
우리는 스페인에 올 생각도 없었다. 나는 태국의 섬
에서 스노쿨링을 하고 싶다고 했고 그는 네팔에서 트
레킹을 하고 싶다고 했다. 도저히 의견이 좁혀지지
않아 선택한 것이 스페인이었다. 스페인은 구경할 것
도 많고 음식도 맛있다고, 먼저 다녀온 사람들이 그
렇게 말했다.

「남들이 다 가는 데에는 이유가 있을 거야.」

우리가 결혼을 결심하게 된 것도 어쩌면 그와 비슷
했던 것일까. 남들이 추천하는 데에는 이유가 있을
거라고. 그냥 막연하게.

호텔에 도착하자마자 나는 씻지도 않고 침대에 누웠다. 그는 짐을 부리며 말했다.

「저녁 먹고 와서 눕자.」

나는 누운 채 대답했다.

「지쳤어. 좀 쉬고 그다음에 나갈래.」

「빨리 밥만 먹고 와서 아예 푹 쉬는 게 낫지. 배도 고파.」

「여유 있게 움직이면 안 되는 거야?」

그는 대답이 없었다. 나는 천장을 보면서 생각했다. 왜 우리는 함께 쉬거나 함께 나가는 사람이 못 될까? 누가 옳고 그른 일이라면 차라리 나았을 텐데.

그와 연애를 막 시작하던 시기에도 나는 그런 것을 느꼈다. 아콰리움에서 데이트를 할 때였다. 나는 수조 안에서 하늘거리는 해파리를 오랫동안 쳐다봤다. 해파리의 무용한 흐느적거림을 보고 있으면 나는 늘 마음이 편안해지곤 했다. 하지만 그때 내 뒤에서 그가 이렇게 말했다.

「좀 징그럽다.」

그는 웃었지만 나는 웃지 못했다. 놀랐으니까. 어떻게 해파리를 징그럽다고 생각할 수가 있지? 그리고 그것은 곧 불길함으로 바뀌었다. 해파리의 흐느적거림을 사랑하지 않는 사람을 내가 온전히 사랑할 수 있을까. 우리가 끝내 함께할 수 있을까.

우리는 먹을 것을 사 와서 숙소에서 먹는 것으로 합의를 봤다. 쉬지 못한 나도, 근사한 저녁을 기대한 그도 만족할 만한 결과는 아니었다. 식어 빠진 감자튀김을 집어 먹으며 나는 생각했다. 이것이 부부가 되는 일인가? 서로의 욕구를 조금씩 기울이는 일.

「내일은 론다에 가는 거야.」

그는 침대에 누우며 말했다. 나는 여행 책자에서 읽은 내용을 떠올렸다. 마주 선 절벽 위에 세워진 두 도시. 그리고 그 둘을 잇는 거대한 누에보 다리.

「호세 마르틴은 왜 누에보 다리에서 떨어졌을까?」

내가 묻자 그는 잠긴 목소리로 대꾸했다.

「그게 누군데?」

「누에보 다리를 완성한 사람.」

그는 한참 뒤에 이렇게 말했다.

「글쎄.」

그 말을 마치고 그는 얼마 지나지 않아 코를 골았다. 나는 어둠 속에서 만세를 하고 잠든 남편을 봤다. 자면서도 당신은 파이팅이 넘치네, 생각하면서.

론다로 가는 동안 우리는 별말이 없었다.

「예쁘네.」

창밖을 보며 가끔 그런 말을 하기는 했지만 진짜 그렇게 생각해서는 아니었다. 아름다움에 취해 할 말이 없다는 느낌을 상대에게 주기 위해서였다. 그는 너무 빠르지도, 느리지도 않은 속도로 일정하게 달려갔다. 어째서 그는 아무 의심도 없이 앞으로 갈 수 있을까. 나에게 중요한 건 자꾸 뒤에 있는 것만 같은데. 나는 그의 옆모습을 물끄러미 봤다. 운전할 때 그의 얼굴은 다른 때보다 더 날카로운 구석이 있었다. 햇빛 때문에 미간을 찡그려서일까. 나는 그가 정말 론다로 가는 것이 행복한지 묻고 싶었다. 남들처럼 되고 싶었던 우리가 정말 내가 아닌 남이 된다면 어떻게 될지 생각해 본 적 있느냐고.

「저기 좀 봐.」

꾸벅꾸벅 졸고 있는데 그가 내 어깨를 흔들어 깨웠다. 나는 차창을 내렸다. 들판이 온통 노란색이었다. 해바라기가 들판에 가득 다발로 웃고 있었다. 노란 점묘화처럼 보였다. 한참 달려가도 해바라기밭은 끝이 보이지 않았다. 차는 점점 느려지다가 결국 멈춰섰다. 그는 차에서 내려 해바라기 사이로 걸어 들어

갔다. 모두가 같은 방향으로 고개를 돌리고 있다는 것이 나는 조금 무서웠다. 나는 해바라기를 끌어안고 있는 그를 찍었다. 그다음에는 그가 셔터를 눌렀고 이번에는 내가 활짝 웃었다. 이 많은 해바라기가 모두 져버리면 얼마나, 얼마나 초라할까, 생각하면서. 우리는 해바라기 꽃밭에서 막 시작한 사람들이었다.

「언젠가 꼭 다시 오자.」

그는 말했고, 나는 고개를 끄덕였다. 우리는 다시 차를 타고 달렸다. 론다로 향하는 길 위에서 나는 그 〈언젠가〉를 상상했다. 나는 그를 쳐다보았다. 그는 70대의 노인이 되어 있었다. 우리는 한때 사랑했고 그래서 둘이 되기로 했고 더 행복해지려고 셋이, 어쩌면 넷이 되었고 숫자를 유지한다는 것이 얼마나 대단한 일인지 몸소 체험했다. 모두 떠나 보낸 후 우리는 다시 둘이 되었고 남은 것이라고는 낡은 차와 서로뿐이었는데 그마저도 머지않아 동작을 멈출 것이라는 사실을 나는 어렴풋이 짐작할 수 있었다. 내 옆에 앉은 남자는 즐기고 산 지 오래라 즐거움을 느끼는 부분이 주름져 딱딱하게 굳어 있었다. 아무리 백미러를 들여다보아도 뒷좌석에서 노래를 흥얼거리던 아이는 보이지 않았다. 있지도 않은 아이가 사라진 것이 허전해 눈이 시렸다. 이 순간을 위해 우리는 평생을 살아왔다 말해도 될까. 다른 어떤 순간을 위할 수 있었을까. 그것이라고 이보다 덜 슬플까. 아닐 것 같았다. 이렇게 외로운 우리가 된다는 것은 얼마나 성공적인 일이겠어. 나는 눈을 감았다. 가장 아름다운 미래의 한순간을 우리는 이미 지나고 있었다.

작가 후기

　이 책은 저의 첫 소설집입니다. 20대 초반에 쓴 글도 있고 최근에서야 겨우 완성한 글도 있습니다. 짧은 소설들이 많지만 일부러 짧게 쓰려고 한 것은 아닙니다. 이 책의 본격적인 집필을 시작했을 때, 저는 낮이고 밤이고 긴 호흡으로 뭔가를 쓸 수 있는 상태가 아니었습니다.

　그때 저는 허공에 주먹을 내지르듯이 글을 썼습니다. 멀리서 누군가 보았다면 웃었을지도 모르겠습니다. 마치 허우적대거나 막춤을 추는 것처럼 보였을 테니까요. 하지만 저는 필사적으로 무언가의 망령들과 싸우고 있는 거였습니다. 그것들을 이기거나 쓰러뜨리겠다는 목적은 아니었습니다. 그냥 딱 한 대만 때려 주고 싶었습니다. 저 보이지도 않고 만질 수도 없는 저놈, 저거, 저 코를 딱 한 대만 때려 주고 싶다고요.

물론 지금까지 저는 그 일에 성공하지 못했습니다. 하지만 그 주먹질이 아무 의미가 없던 것만은 아니라고 믿습니다. 그 시간이 있었기에 저는 제가 얼마나 오래, 그리고 끈질기게 싸울 수 있는 사람인지 깨달았으니까요. 그리고 마침내 볼 수 있었습니다. 더 긴 시간, 더 깊은 고통 속에서도 싸움을 이어 온 사람들을. 그들의 흔들리지 않는 의지가 세상을 조금씩 바꾸어 가는 모습을요.

우리 모두 허공에 주먹을 내지르는 순간이 있다는 것을, 이제는 압니다. 당신의 그런 어느 날에 이 책이 작은 위로가 되기를 진심으로 바랍니다. 고맙습니다.

설명충 박멸기

발행일 2025년 1월 10일 초판 1쇄

지은이 이진하
발행인 홍예빈
발행처 주식회사 열린책들

경기도 파주시 문발로 253 파주출판도시
전화 031-955-4000 팩스 031-955-4004
홈페이지 www.openbooks.co.kr 이메일 literature@openbooks.co.kr